Claire McNab
Bodyguard

Claire McNab

Bodyguard

Offensive Krimi

aus dem amerikanischen Englisch
von Gerlinde Kowitzke

Frauenoffensive

1. Auflage, 1995

Originaltitel: Bodyguard

(Knollerstr. 3, 80802 München)

ISBN 3-88104-264-4

Druck: Clausen und Bosse, Leck
Umschlaggestaltung: Frauke Bergemann, München

Dieses Buch ist gedruckt auf Papier aus chlorfrei gebleichtem Zellstoff.

Die Personen

Carol Ashton .... Kriminalkommissarin
Sybil Quade .... Carols Geliebte, Lehrerin
Anne Newsome .... Kriminalmeisterin
Mark Bourke .... Kriminalinspektor
Denise Cleever .... Geheimpolizistin
Sid Safer .... Bundeskriminalbeamter
Marla Strickland .... amerikanische Feministin
Gary Hawkins .... ihr Stiefsohn
Pam Boyle .... ihre PR-Frau
Beverly Diaz .... ihre persönliche Assistentin
Keil Huntling .... Inhaber eines Sicherheitsdienstes
Dr. Lucas Britt .... Sektenprediger
Freda Sandys .... Mitarbeiterin bei Family First
Joseph Marin .... australischer Kulturminister
Marjory Quince ..... Justizministerin von New South Wales
Madeline Shipley .... TV-Moderatorin
Tante Sarah .... Carols Tante
Sinker und Jeffrey .... Kater

Prolog

Beim Posteingang im Sekretariat herrschte Trubel, während die Briefe geöffnet und auf die verschiedenen Körbe verteilt wurden: Formbrief; persönliche Beantwortung Marla Stricklands; Einladung zu Vorträgen; Spendenaufrufe; Zahlungseingänge und Kontoauszüge; Drohbriefe.

„He, Esther, schneidest du mir diese tollen Briefmarken für meine Kinder aus?“

Esther Duncan seufzte irritiert beim Versuch, einen dick verklebten, wattierten Umschlag zu öffnen. Schließlich griff sie nach der Schere und schnitt kurzentschlossen auf einer Seite den Rand ab.

Auf die Stichflamme folgte die Explosion, dann roch es nach Rauch und verbranntem Fleisch.

Marla Strickland stürzte aus ihrem Büro. „Was zum Teufel...?“ Entsetzt verschlug es ihr die Sprache.

Jemand wimmerte. Die neben dem Körper am Boden kniende Frau sah fassungslos hoch. „Sie ist tot. Esther ist tot.“

Verwirrt schoß Marla der Gedanke durch den Kopf, daß Esther Duncan so besser dran war – die Explosion hatte ihr fast das ganze Gesicht weggerissen.

1

Kriminalkommissarin Carol Ashton erhob sich behutsam aus ihrem Sessel, trat ans Fenster und starrte hinaus. Sie kam sich reichlich komisch vor, so salopp gekleidet in Jeans und Hemd im Büro des Polizeichefs. Sie unterdrückte ein Stöhnen, als der inzwischen gewohnte Schmerz durch ihre rechte Seite schnitt.

Die Hochhäuser Sydneys funkelten im klaren Sommerlicht, und das Wasser des Hafens dahinter war so blau wie gemalt. „Ich möchte die Sache nicht übernehmen", sagte sie. Jetzt sah sie ihr Gesicht im Fensterglas reflektiert – etwas hohlwangig, das glatte blonde Haar sehr viel kürzer als sonst. Sie hatte es gleich nach ihrer Entlassung aus der Klinik schneiden lassen.

Der schicke Ledersessel ächzte, als der Polizeichef sich zurücklehnte. „Ich weiß, daß Sie noch nicht voll auf der Höhe sind, um wieder aktiven Dienst zu tun..."

„Das ist es nicht." Sie drehte sich zu ihm. „Ich möchte so bald wie möglich an meinen Arbeitsplatz zurück."

„Was ist dann Ihr Problem? Marla Strickland oder die Rolle als Bodyguard?"

Carol fixierte den untersetzten Mann, dem sie beruflich vieles verdankte. „Beides."

Sein Ausdruck blieb unnachgiebig. „Tut mir leid, Carol, aber es trifft Sie nun mal."

Ungeduldig hob sie die Hände. „Wieso ist es nicht ASIOs Sache? Die Briefbombe kam aus Australien, also geht es um internationalen Terrorismus. Oder nicht? Was mich betrifft, kann der australische Geheimdienst sich um die Sache kümmern." Welche Ironie, dachte sie bitter, daß sie ASIO irgend etwas überließ, schließlich stritten sich für gewöhnlich die Kriminalämter des Bundes und der Länder mit ASIO um die Zuständigkeitsbereiche.

„ASIO befaßt sich schon mit der Sache. Auch das FBI, von der CIA ganz zu schweigen. Es ist eine politische Entscheidung, Sie zum Schutz dieser Frau abzustellen." Irritiert seufzte er. „Sehen Sie, Carol, auch ich bin darüber nicht glücklich. Ich habe ausdrücklich auf das Handicap hingewiesen, das eine Person mit Ihrem Bekanntheitsgrad durch die Medien als Bodyguard hat. Aber das hat überhaupt nicht gefruchtet."

„Hat Marla Strickland nicht eigene Leibwächter engagiert?"

Er schlug die geprägte Ledermappe auf seinem Schreibtisch auf. „Ihr Büro in Connecticut hat uns mit mehr Informationen versorgt, als ich angefordert habe. Und wegen der Menge der Drohbriefe hat uns das FBI ebenfalls mit Material reichlich bedacht. Offenbar heuert sie für ihre Vortragsreisen durch die USA bewaffnete Schutzkräfte des jeweiligen Ortes an. Ihre Rede vergangenen März, in der sie erklärte, Gott sei ein Frauenhasser, hat einen solchen Wirbel ausgelöst, daß sie gezwungen war, das Publikum seitdem auf Waffen untersuchen zu lassen. Aber was ihr Unternehmen angeht, hat sie nur eine Person, die für die Sicherheit zuständig ist – nämlich Stricklands Assistentin –, und keinen persönlichen Bodyguard."

Er sah Carol aufmerksam an, die sich vom Fenster abwandte und wieder in den Sessel setzte. „Auch wenn es Ihnen kein Trost ist, Marla Strickland wehrt sich ebenso gegen Ihre Abstellung wie Sie." Er lächelte ironisch. „Aber wir können es uns nicht leisten, daß die berühmteste Feministin Amerikas, wenn nicht der Welt, in Australien umgebracht oder verletzt wird. Mal abgesehen von allem anderen, täte es dem Tourismus wahrscheinlich nicht gut."

„Aber es gibt doch genügend bestens geeignete Sicherheitskräfte..."

„Die Sache steht nicht zur Diskussion, Carol. Ich erteile Ihnen den Auftrag, ich bitte Sie nicht. Strickland trifft Mittwoch hier ein, und ich erwarte, daß Sie sie in Empfang nehmen." Er brachte sie mit erhobener Hand zum Schweigen, noch ehe Carol etwas einwenden konnte. „Ich weiß, daß für den internationalen Flughafen das Bundeskriminalamt zuständig ist. Sie sind für die PR da, sonst nichts."

Sein Ton ärgerte sie. „Und wenn ich mich weigere?"

Er hievte sein Gewicht aus dem Sessel. „Sind Sie auf eine Beförderung aus? Hauptkommissarin Carol Ashton klingt mir recht gut."

Völlig perplex lachte sie. „Wenn die Peitsche nicht hilft, versuchen Sie's mit Zuckerbrot?"

Er sah sie ernst an. „Carol, auch ich werde unter Druck gesetzt. Ich sagte Ihnen bereits, es ist eine politische Entscheidung, Sie dafür abzustellen. Fragen Sie mich nicht, warum, ich weiß es nämlich nicht. Ich habe andere Leute vorgeschlagen; ich habe gesagt, daß Sie noch nicht auf dem Posten sind..." Er zuckte die Achseln. „Wie es scheint, sind Sie auserkoren."

„Na großartig!"

Sie war so angespeist, daß er lächeln mußte. „Eine Menge Leute würden wer weiß was tun, nur um die berühmte Marla Strickland kennenzulernen."

„Ich gehöre nicht dazu", erklärte Carol.

***

Kriminalinspektor Mark Bourke freute sich, sie zu sehen. Sein vertrautes, tröstliches Gesicht grinste sie an, während er ihr die Bürotür aufhielt und ihr die Aktenstapel abnahm, die ihr der Polizeichef übergeben hatte. „Schön, daß du wieder da bist, Carol!"

„Nicht ganz wieder da."

Er zog eine Grimasse. „Also stimmt das Gerücht, daß du für einen Star als Bodyguard fungieren sollst?"

„Was heute so Star genannt wird."

Bourke fuhr sich durch das kurze braune Haar, das einen ersten Anflug von Geheimratsecken aufwies. „Wie ich hörte, handelt es sich um Marla Strickland, die unvergleichliche Feministin."

Sie fühlte sich müde und deprimiert. „Leider stimmt das Gerücht."

Er machte ein angewidertes Gesicht. „Und das alles, weil irgendein Irrer ihr aus Australien eine Briefbombe geschickt hat."

„Sie hat sich bestimmt viele Feinde gemacht, obwohl mir schleierhaft ist, was sie getan hat, um jemanden in Tasmanien derart in Rage zu bringen."

„Pat ist von Strickland sehr angetan, weil sie die Eröffnungsrede auf der Vernissage australischer Künstlerinnen in ihrer Staatsgalerie hält." Bourke war noch nicht lange verheiratet, und er bekam einen zärtlichen Ton, wenn er von seiner Frau sprach. „Vielleicht ist sie ja ein Engel in Person."

„Nach dem, was mir zu Ohren gekommen ist, habe ich meine Zweifel." Sie räumte eine Ecke auf ihrem Schreibtisch leer, damit er den Aktenstapel über die Vortragsreise der Feministin ablegen konnte. „Weißt du, Mark, der Polizeichef hat mir erklärt, es sei eine politische Entscheidung, mich offiziell als Bodyguard abzustellen, aber mehr konnte oder wollte er mir nicht sagen. Tu mir den Gefallen und hör dich um. Du hast Kontakte zu den erstaunlichsten Stellen. Ich möchte wissen, warum gerade ich bei diesem Job lande, vor allem da hier eine Spezialistin in Kampfkunst und Personenschutz erforderlich ist, die ich gar nicht bin."

„Mach ich, doch es wird eine Weile dauern... Falls ich überhaupt etwas in Erfahrung bringe."

Seufzend blickte sie auf ihren von Berichten und Notizen überfüllten Schreibtisch. Ihr Posteingangskorb quoll förmlich über. Irgendwie hatte sie gedacht, daß der ordnungsliebende Bourke sich des ihren genau so penibel widmen würde wie seines eigenen. Sie blickte ihn anklagend an. „Ich dachte, du würdest mir den Papierkram abnehmen."

„Das hab' ich. Du hättest mal sehen sollen, wie es hier aussah, bevor ich mich drüberhergemacht habe. Ich habe dir nur das übrig gelassen, was du selbst bearbeiten mußt." Er lachte über ihre Grimasse. „Übrigens steht EILT auf jeder Notiz..."

Sie sank in ihren abgewetzten Schreibtischsessel, und er machte ein besorgtes Gesicht. „Carol, geht's dir nicht gut?"

„Doch, alles okay."

Er biß die Zähne zusammen und sagte dann: „Wäre ich doch bloß schneller gewesen..."

„Das hätte überhaupt nichts geändert."

Es hatte wie die problemlose Festnahme eines neunzehnjährigen Jungen ausgesehen, der im Affekt seinen Vater mit dem Wagenheber erschlagen und es dann als Einbruch mit Todesfolge hingestellt hatte. Eigentlich wäre Carol bei der Verhaftung gar nicht dabeigewesen, hätte sie nicht Mitleid mit dem Jungen gehabt. Bei der ersten Vernehmung hatte er plötzlich fassungslos geschluchzt, dann war er vor Verlegenheit über seine Gemütsbewegung bis in die Haarwurzeln errötet, und sie hatte an ihren jetzt elfjährigen Sohn denken müssen: Hoffentlich wurde aus ihm nicht mal ein ebenso orientierungsloser Jugendlicher. Da es keine Augenzeugen gab und die Analyse der Spurensicherung noch nicht vorlag, ließen sie den Jungen zu seiner verzweifelten Mutter zurückkehren, die keine Ahnung hatte, daß ihr Sohn im Verdacht stehen könnte, am Tod ihres Mannes schuldig zu sein.

An jenem warmen Frühlingstag Anfang September, als Mark Bourke seinen Kopf durch ihre Bürotür steckte, um mitzuteilen, daß die Blutspritzer auf der Kleidung des Jungen erwiesenermaßen vom Vater stammten und ihn als Täter überführten, hatte Carol rein impulsiv beschlossen, bei der Verhaftung dabeizusein. Es gab nicht den geringsten Hinweis, daß vom Tatverdächtigen irgendeine Gefahr drohte, keine Warnung, daß er das Jagdgewehr seines Freundes gestohlen hatte. Carol und Bourke hatten direkt vor dem unscheinbaren Haus geparkt und waren durch den Vorgarten auf die Haustür zugegangen. Sie hatten weder die Waffen gezogen, noch boten sie eine offensichtliche Bedrohung – es sei denn, ihre entschlossenen Mienen verrieten sie.

Die Szene stand Carol noch immer lebhaft vor Augen: Die verwahrlosten Hortensienbüsche, die den Weg flankierten, die trockenen Pflanzen in Plastiktöpfen auf der Veranda, die Haustür, von der die Farbe blätterte. Das Quietschen der Tür – ein unpassend tiefes Knarzen der Angeln. Die Mutter öffnete, hinter ihr im Flur tauchte der Sohn auf und schrie sie an, aus dem Weg zu gehen, Metall schimmerte auf...

Mark Bourke hechtete vorwärts, dann der gleichzeitige Knall des Gewehrs mit dem Kugeleinschlag. Ungläubig stürzte Carol zu Boden, all ihre Geschmeidigkeit und Stärke waren im Bruchteil einer Sekunde weggepustet.

Der physische Schmerz war heftig, doch nichts im Vergleich zu dem Schmerz über Sybils Entschluß. Immerhin, dachte Carol zynisch, hatte Sybil bis zu ihrer Genesung gewartet, ehe sie ihr eröffnete, daß sie sich in London an der Uni in Women's Studies einschreiben würde, was hieß, daß sie ein ganzes Jahr fern von Australien wäre.

Carol hatte noch den Duft des Frühstückstoasts in der Nase, das schrille Krächzen des Kakadus im Eukalyptusbaum, der die Terrasse überschattete, im Ohr und erinnerte sich genau, wie die durch die Glastür fallende Sonne Sybils rotes Haar aufflammen ließ. „Ich weiß, daß es abgedroschen klingt", hatte Sybil gesagt, „aber ich bin nicht mehr gewillt, weiter in unsere Beziehung zu investieren, solange du über alles hinweggehst und sämtliche Probleme unter den Teppich kehrst. Wir reden nicht darüber. Du bringst dich nicht ein und behältst deine Bedürfnisse für dich. So geht es nicht weiter, Carol. Das ist nicht das, was ich will."

Wütend hatte Carol sie angefaucht: „Ich liebe dich. Ist das nicht genug?"

Sybil schüttelte nachdenklich den Kopf. „Nein. Das ist es nicht. Das war es einmal, aber jetzt nicht mehr."

„Erwarte nicht, daß ich dich anflehe."

Da hatte Sybil gelächelt, obwohl ihr das Wasser in den Augen stand. „Nicht im Traum käme mir so ein Gedanke."

Carols Stimme klang beißend vor Zorn: „Du hast dir ja genau den richtigen Zeitpunkt ausgesucht. Wahrscheinlich muß ich dir noch dankbar sein, daß du überhaupt so lange gewartet hast, bis ich aus der Klinik kam."

„Carol, selbst als du verwundet warst, hast du mich nicht gebraucht. Du hast dich total abgekapselt und so getan, als ob es dich überhaupt nicht berührt, daß man dich beinahe erschossen hat. Du bist mir der liebste

Mensch auf der Welt, aber ich kann nicht mit dir leben, so wie es ist.“ Und dann fügte sie hinzu: „Vielleicht verändert sich etwas, wenn wir getrennt sind und eine andere Perspektive bekommen.“

„Du willst dir die Option offenhalten, stimmt's?“ sagte Carol gallenbitter. „Aber rechne nicht damit, daß ich noch hier bin, wenn du dich anders besinnst.“

„Gewiß nicht“, hatte Sybil mit ausdrucksloser Miene geantwortet.

Bourke unterbrach ihre Gedanken. „Du solltest nicht im Büro sein. Du bist noch gar nicht gesund.“

„Es geht mir gut.“

Ihr lahmer Ton überzeugte ihn nicht. „Du kannst nicht Tag und Nacht in Bereitschaft sein, schon gar nicht, wenn du mit Strickland auf Tour gehst. Du bist noch nicht ganz gesund.“

Sie atmete tief. Es gab keinen Grund, sich mit Mark zu streiten. Er war ja nicht nur ein geschätzter Kollege, mit dem sie seit Jahren zusammenarbeitete, sondern auch ein Freund, der sie voll unterstützt hatte, als sie sich gezwungenermaßen bei einem Erpressungsversuch als Lesbe geoutet hatte. „Keine Sorge, Mark. Ich bin doch keine Masochistin. Der Polizeichef hat zugestimmt, daß Anne Newsome zu meiner Unterstützung zur Verfügung steht.“

Er runzelte die Stirn. „Anne arbeitet momentan mit mir zusammen, und wir haben alle Hände voll zu tun.“

Carol fühlte sich irritiert und voller Schuldgefühle. Sie wußte, welch einen Berg an zusätzlicher Arbeit Mark in ihrer Abwesenheit übernommen hatte, und nun zog sie ihm auch noch eine Arbeitskraft ab. „Tut mir leid, Mark, aber so stehen die Dinge“, sagte sie kühl, ohne ihre Gefühle zu zeigen.

„Jedenfalls ist es schön, daß du wieder hier bist, auch wenn du nur mal kurz durchmarschierst“, entgegnete

Mark, dessen Miene sich aufhellte, als er ihr jetzt flüchtig über die Schulter strich.

Sie reckte die Arme über den Kopf, obwohl sie dabei einen heftigen Schmerz in ihrer Seite verspürte. „Das Lächeln wird dir gleich vergehen, wenn ich dir sage, daß alle Arbeit auf meinem Schreibtisch, die ich heute nicht erledigt kriege, unverzüglich auf deinem landet."

Sein Grinsen erstarb. „O verdammt!"

2

„Himmel“, bemerkte Anne Newsome, deren Stimme im Dauergeräuschpegel fast unterging.

Carol nahm ihren prüfenden Blick von dem Gedränge um Marla Strickland und lächelte über die Untertreibung ihrer Kriminalmeisterin. An diesem Nachmittag mitten in der Woche war die Ankunftshalle des internationalen Flughafens von Sydney absolut überfüllt, noch vor den Türen drängte sich die Menge, die überwiegend aus Frauen bestand und anderen Leuten, die Freunde und Verwandte abholen wollten, kaum mehr Platz ließ.

Obwohl es sich bei den meisten Menschen offensichtlich um Marla Stricklands Fans handelte, waren die dünnen Stimmen eines kleinen Häufchens konservativer Family First-Anhänger mit ihren antifeministischen Slogans gerade noch hörbar. Als ihnen jetzt ein Plakat mit der Aufschrift „Marla Strickland, die Kindsmörderin“ von ein paar wütenden Strickland-Fans aus den Händen gerissen und zertrampelt wurde, rückten sowohl die Medien wie die BKA-Beamten an.

„Kommissarin Ashton?“ Der große blonde Mann mit den Lachfalten um die wachen blauen Augen griff in die Innentasche seines ziemlich verknitterten grauen Jacketts und wies sich als Bundeskriminalbeamter aus. Als Carol ihre Polizeimarke zücken wollte, grinste er. „Nicht nötig.

Da Sie jeden zweiten Tag im Fernsehen zu sehen sind, weiß ich, wie Sie aussehen." Er musterte Anne. „Kriminalmeisterin Newsome? Ich bin Sid Safer – und strapazieren Sie nicht Ihr Gehirn, um über meinen Namen zu lästern."

Anne Newsome lächelte ihn an. „Wollen Sie meinen Ausweis sehen?"

„Nee. Ihr Wort ist so gut wie Gold." Er nickte zu Carol hinüber. „Kommen Sie, beide. Sie sind spät dran. Das Flugzeug ist vor einer halben Stunde gelandet, und Marla Strickland macht einen Heidentanz."

Er führte sie durch eine Reihe von Sicherheitstüren, die von Polizisten bewacht waren. „Wenn es nach mir ginge, wäre ich geneigt, sie in Schutzhaft nehmen zu lassen", sagte er fröhlich, indem er sie durch die letzte Tür schleuste.

Carol vernahm eine aufgebrachte amerikanische Stimme: „Die Sicherheit ist mir scheißegal! Diese Frauen warten seit Stunden auf mich!"

Sid Safer nickte einem Kollegen an der Tür zu und schob sich mit Carol und Anne in die VIP-Lounge. Ein schmächtiger junger Mann mit spärlichem Schnäuzer, der mit verschränkten Armen an der Tür gelehnt hatte, machte Platz. Aus den Akten identifizierte Carol ihn als Gary Hawkins, den Stiefsohn der Feministin. Außer ihm begleiteten Marla Strickland noch zwei Frauen, Pam Boyle, die für PR zuständig war, und Beverly Diaz, Stricklands persönliche Assistentin.

„Ms. Strickland, darf ich Ihnen Ihren persönlichen Schutzengel vorstellen", trompetete Safer ironisch. „Dies ist Kriminalkommissarin Carol Ashton."

Die Frau drehte sich um, und Carol erkannte sie sofort von den Aktenfotos wieder – schulterlanges dunkles Haar, ein schmales intelligentes Gesicht mit feinen Zügen, schön geschwungenen Brauen, ein breiter Mund – nur ihre Vitalität hatte das Foto nicht rüberbringen können. In ihrem marineblauen eleganten Kostüm mit der gerüschten weißen Bluse wirkte sie äußerst feminin – und sehr halsstarrig. Ihre Stimme ließ keinen Zweifel aufkommen. „Ich bin über Sie im Bilde, Kommissarin, trotzdem will und brauche ich keinen Bodyguard."

„Ganz meine Meinung."

Marla Strickland lächelte grimmig. „Wieso sind Sie dann hier?"

„Ich wurde gebeten und konnte nicht abschlagen."

„Und sie?"

Bei ihrem herrischen Ton runzelte Carol die Stirn. „Kriminalmeisterin Anne Newsome. Sie wird mich ablösen, schließlich kann ich nicht rund um die Uhr auf sie aufpassen."

„Nein? Man sagte, Sie seien ein Übermensch."

„Man vielleicht. Ich nicht."

Marla fixierte Anne Newsome scharf. „Sie ist sehr jung."

„Ich bin Antiterrorspezialistin und treffe genau, wenn ich schieße. Ich hoffe, das überzeugt Sie, Ms. Strickland", antwortete Anne so gelassen, daß Carol grinsen mußte.

„Man hat mir gesagt, daß Australien ein sicheres Land ist – kein freier Verkauf von Schußwaffen, richtig? Für mich besteht nicht die geringste Gefahr, ich brauche Sie nicht zu meiner Beruhigung."

Ein Sicherheitsbeamter des Flughafens mischte sich ein. „Ich habe Ms. Strickland gerade erklärt, daß sie aus Sicherheitsgründen den Flughafen nicht durch den Haupteingang verlassen kann..." Er blickte Carol unterstützungheischend an. „Wir haben einen Wagen auf dem Vorfeld, der sie zu einem anderen Ausgang bringt."

„Und ich, Kommissarin, habe darauf erklärt, daß ich unmöglich die Leute ignorieren kann, die zu meiner Begrüßung gekommen sind – ob sie für mich sind oder gegen mich."

Carol sah, wie Sid Safer im Hintergrund feixte, und wischte ihm eins aus: „Dann werden wir Sie durch den Haupteingang transportieren. Es wird ein Weilchen dauern, bis alle Position bezogen haben, sagen wir zwanzig Minuten, dann gehen wir."

Ihre Erklärung schien dem jungen Mann, der die Wand abstützte und sein Milchbärtchen strich, ganz und gar nicht zu schmecken. Seufzend streckte er sich und verließ den Raum.

Auch die Amerikanerin machte keinen beglückten Eindruck. „Einfach so? Sind Sie denn nicht um meine Sicherheit besorgt?"

„Natürlich, aber das führt vermutlich kaum zu Ihrem Sinneswandel..."

„In diesem Punkt haben Sie recht!" Marla Strickland musterte wohlgefällig die untertriebene Eleganz des grauen Hosenanzugs der Kommissarin. „Sie sehen gar nicht wie eine Lesbe aus."

„Sie auch nicht." Carol lächelte.

Die Frau reckte das Kinn. „Ich bin verheiratet, Kommissarin."

„Das war ich auch."

Eine enorm große Frau mit ungebändigter brauner Lockenmähne schlüpfte zur Tür herein und versuchte, ganz unauffällig zu erscheinen, wodurch sie noch mehr herausstach. „Marla? Draußen formiert sich Protest. Du solltest nicht darauf bestehen –"

„Pam, dies ist Kriminalkommissarin Ashton. *Sie* hat nichts dagegen, daß ich durch den Haupteingang gehe. Kommissarin, dies ist Pam Boyle."

Pam schien Probleme mit ihrer Größe zu haben. Sie duckte den Kopf und sah sie nicht an. Carol wußte, daß diese eigenartige steife Frau eine Marketingexpertin war, die Marla Strickland für ihre PR einem multinationalen

Konzern abgeworben hatte. Carol schüttelte ihr die Hand, die Pam hastig entzog. „Ms. Boyle? Darf ich Sie mit meiner Kollegin Anne Newsome bekannt machen."

Die große Frau warf Anne einen Blick zu. „Aber es sollte doch nur ein Bodyguard sein."

„Die Kommissarin braucht ihre Ruhe, Pam. Sie erholt sich gerade von einer Schußverletzung." Marla lächelte Carol triumphierend an. „Ich recherchiere alles gründlich."

„Dann haben Sie vielleicht auch eine Vorstellung, wer Sie umbringen möchte."

Marla schnaubte verächtlich. „Eine Menge Leute schwelgen in dem Gedanken, mich zu ermorden – aber denken und tun sind zweierlei..." Sie zuckte gekonnt die Schultern. „Diese Briefbombe war nicht für mich persönlich bestimmt. Irgendein gestörter Australier, der ihn nicht mehr hochkriegt und statt dessen ein explosives Statement machen wollte, hat sie geschickt."

„Eine Ihrer Mitarbeiterinnen ist dabei umgekommen", erklärte Carol kühl, „und die Bombe hätte noch andere treffen können, wären sie näher dran gewesen. Auch Sie."

Marla Strickland starrte Carol ernüchtert an, dann deutete sie irritiert auf sich. „Ich trage jetzt eine unbequeme kugelsichere Weste, wenn Sie das tröstet."

„Wohl kaum, falls es jemand auf einen Kopfschuß abgesehen hat", entgegnete Carol, deren Blick über die zierliche Figur schweifte. „Und wenn ich Sie so ansehe, muß es sich um eine leichte Weste handeln, und die bietet bei Schnellfeuergeschossen keinen Schutz."

„Ich schätze, Sie sind darauf gedrillt, sich als Bodyguard vor mich zu werfen", sagte Marla bissig.

„Am besten werfen Sie sich zu Boden. Und wenn ich es sage, tun Sie's ohne lange zu fragen."

In der Ankunftshalle war die Menge um ein Fernsehteam angewachsen, das die Leute, quasi als Tonprobe, zum

Skandieren anstachelte. Safer nickte Carol zu. „Wir haben Position bezogen. Aber Sie wissen ja, daß wir in einer solchen Situation die Sache kaum unter Kontrolle haben."

Carol ließ ihren prüfenden Blick schweifen. BKA-Beamte standen mit dem Rücken zur Tür, durch die Marla Strickland die Halle beträte, sie würden ihr den Weg durch die Menge bahnen. Andere waren in der Halle verteilt, bereit, sich auf jeden Angreifer zu stürzen. „Vielleicht will uns jemand den Job vermiesen", sagte Carol mit ironischem Lächeln.

Safers mokante Antwort ging im Gebrüll der Menge unter, als Marla Strickland auftauchte.

Sie hob den Arm mit der charakteristisch geballten Faust. Ihre durchdringende Stimme übertönte das Getöse: „Ein großes Hallo einem großartigen Land!" Donnernder Applaus folgte.

„Na bitte", sagte Anne Carol ins Ohr. „Das sagt sie jedesmal, und es kommt immer an."

Von Sicherheitskräften umringt, wurde Marla Strickland durch das Spalier der Presse zur ersten der beiden Limousinen gelotst, Carol folgte ihr auf dem Fuß. Der zweite Wagen stand für Marlas Team bereit. Sie verschwand hinter den getönten Scheiben, sank mit einem Seufzer auf den Rücksitz und wandte Carol neben ihr das erhitzte Gesicht zu. „Es wird eine wunderbare Tour – ich fühle es einfach! Erzählen Sie mir etwas über Family First. Wie sie gebrüllt haben, hat mir gefallen. Es ist der Gegensatz... der macht alles spannender."

Sid Safer und Anne Newsome, die ihnen gegenüber mit dem Rücken in Fahrtrichtung saßen, wechselten einen vielsagenden Blick. Safer streckte seine langen Beine aus. „Ihre Leute haben eine Information über jede Gruppe oder Organisation erhalten, die auf Ihrer Tour demonstrieren könnte. Haben Sie sie nicht gelesen?"

Marla Strickland verhehlte ihren Unwillen nicht. „Ich habe nicht die Zeit, jede bürokratische Notiz zu lesen." Säuerlich starrte sie auf den Hinterkopf des Fahrers. „Ich habe doch ausdrücklich darum gebeten, daß *Frauen* eingesetzt werden sollten."

„Na hören Sie", erwiderte Sid, „Sie haben doch selbst einen Mann im Team."

„Gary ist mein Stiefsohn", fauchte Marla. „Er ist für die Transportlogistik zuständig."

„Na, dann ist's ja gut." Safer spreizte die Hände.

Bei seinem ironischen Ton runzelte sie die Stirn. „Gibt es keine Frau Ihres Ranges?" fragte sie ihn.

Safer grinste. „Wahrscheinlich schon, aber vermutlich hat niemand beim Bundeskriminalamt Ihre Anfrage ernst genommen." Er sah Carol an. „Beim Landeskriminalamt scheint man sie beherzigt zu haben, sonst hätten Sie nicht Carol Ashton gekriegt."

„Ms. Strickland hat auch etwas gegen mich", sagte Carol.

Safer grinste noch breiter. „Tja, manchen Leuten kann man es eben nicht rechtmachen."

Die Amerikanerin verzog irritiert den Mund, überhörte geflissentlich seine Bemerkung und fragte Carol: „Ich vermute, bei Family First handelt es sich um eine fundamentalistische Gruppe, die am rechten Rand angesiedelt ist? Ich habe Antiabtreibungsplakate gesehen."

„Die würden es mit Sicherheit ‚Für das Leben' nennen." Und dann fügte Carol hinzu: „Family First engagiert sich mächtig für traditionelle Werte."

„Traditionelle Werte?" höhnte Marla. „Sie meinen, daß patriarchale Männer ausrasten, wenn Frauen sich ihrem Wunschdenken verweigern – in der Küche wie im Bett, isoliert, zum Schweigen verdammt. Und glauben, zu ihrer Rechtfertigung bloß mit der Bibel winken zu müssen."

„Durchgetickt“, kommentierte Safer, und es war nicht klar, ob er Family First oder Marla Strickland meinte. „Aber es ist ein freies Land.“

„Frei?“ schäumte Marla. „Die australischen Antidiskriminierungsgesetze sind vorsintflutlich! Wie ich gehört habe, dürfte ich die Männer und Organisationen, die Frauen unterdrücken, nicht mal beim Namen nennen, weil ich sonst eine Verleumdungsklage an den Hals bekäme!“

„Mit Sicherheit können Sie hier nicht so auftreten, wie Sie es sonst tun.“ Als sie Safer anstarrte, hob er die Hände. „Ich lese mein Informationsmaterial immer genau und schaue mir auch die Videos dazu an. Deshalb bin ich über Ihren Modus operandi bestens im Bilde.“

Sein ironischer Ton verfehlte die Wirkung, die Carol erwartete. Marla Stricklands Gesicht hellte sich auf, und dann lächelte sie überraschend charmant. Carol konnte sich an kein Foto erinnern, auf dem sie derart liebenswürdig ausgesehen hatte. Marla erklärte: „Sie erinnern mich ein wenig an meinen Mann.“

„Ich?“ Safer staunte.

„Er ist zwar nicht so attraktiv wie Sie – aber er kann genau so überheblich sein.“

Während Safer das noch verdaute, erkundigte sich Anne: „Begleitet Ihr Mann Sie gelegentlich auf Ihren Vortragsreisen?“

„Dafür hat Roy keine Zeit. Er ist Kinderarzt mit einer sehr gut besuchten Praxis.“

Jetzt glitt die Glasscheibe hinter dem Fahrer herab. „Wir sind am Hintereingang des Hotels. Da ist Cleever.“

Safer reichte hinüber, um die Tür zu öffnen. „Ich kann‘s kaum erwarten...“

Noch ehe er den Türgriff erreichte, öffnete eine Frau mit sehr kurz geschnittenem honigblonden Haar die Wagentür. Sie trug Jeans, ein loses pinkfarbenes Top und Leinenschuhe. Jetzt beugte sie sich in die Limousine. „Ms. Strickland, Kommissarin Ashton, Kriminalmeisterin Newsome..." Ihr Mund bekam ein breites Grinsen. „Und Safer."

Als Safer aus dem Wagen stieg, fragte Marla Carol: „Wer ist sie?"

Carol hatte einige Stunden bei der Einsatzbesprechung mit der Geheimpolizistin verbracht. „Denise Cleever. Sie ist von der ASIO."

„Das ist wohl das gleiche wie bei uns CIA, stimmt's?"

„Ja. ASIO kümmert sich um Australiens internationale Sicherheit. Sie sind involviert, weil die Briefbombe, die in Ihr Büro geschickt wurde, aus Australien kam."

Marla stieg aus dem Auto. Hinter ihr erhoben sich die riesigen Glaswände des Hotels. Sie stemmte die Hände auf die Hüften und baute sich vor Denise auf. „Hat man Ihnen etwa nicht gesagt, daß meine Firma, Strickland Enterprises, einen privaten Sicherheitsdienst unter Vertrag genommen hat? Sie werden hier nicht benötigt."

„Wir haben Ihren Sicherheitsdienst überprüft, Ms. Strickland..."

„Das wurde bereits von den Staaten aus erledigt! Die Firma hat einen sehr guten Ruf. Ich habe selbst mit der Chefin Cynthia Huntling gesprochen."

„Stimmt. Die Firma Huntling Security selbst ist in Ordnung. Wir haben uns mehr für die einzelnen Mitarbeiter interessiert."

„Zeitverschwendung. Ich schätze, Sie haben nichts zu beanstanden gefunden."

Denise Cleever nickte zustimmend. „Nichts."

„Und sie haben ihre Position bezogen?"

„Zwei Sicherheitskräfte erwarten sie in der Penthouse-Suite."

„Dann sehe ich keinen Grund für Ihre Anwesenheit hier." Marla Strickland deutete auf Carol. „Wie Sie sehen, ist Kommissarin Ashton mein persönlicher Bodyguard."

Die Geheimpolizistin zeigte sich unbeeindruckt. „Mein Auftrag lautet, bis auf weiteres bei Ihnen zu bleiben."

Safer streckte die Hand aus. „Aber ich zumindest kann mich inzwischen von Ihnen verabschieden, Ms. Strickland."

Sie ignorierte seine Hand, gestikulierte resolut, als ihr Team jetzt der zweiten Limousine entstieg, und marschierte zum Hintereingang des Luxushotels.

„Tja, Carol", bemerkte Denise Cleever grinsend, „das ist wohl eine besonders charmante Dame."

***

Es war bereits dunkel, als Carol auf den Parkplatz vor ihrem Haus fuhr. Sie wäre gern früher daheim gewesen, so daß sie sich auf die Terrasse, die die gesamte Längsseite des Hauses einnahm, hätte setzen und den tröstlichen Anblick des Hafens genießen können, das Krächzen der Regenbogenpapageien in den Eukalyptuszweigen über ihr, das friedliche Gefühl des Sonnenuntergangs.

Als Carol müde die Haustür aufstieß, rief Tante Sarah von fern: „Carol? Ich habe dir etwas warmgehalten. Ich weiß ja, daß du noch nichts gegessen hast."

Sie war dankbar, daß Tante Sarah, ihre liebste und nächste Verwandte, sich freiwillig bereiterklärt hatte, ihr Heim in Leuna, droben in den Bergen, zu verlassen und ihr Haus zu hüten, während sie Marla Strickland auf ihrer Vortragsreise durch Australien begleitete. Das Haus war so leer, seit Sybil fort war, und selbst die Aufmerksamkeit der beiden Kater, Sinker und Jeffrey, hatte ihr dieses Gefühl von Einsamkeit nicht nehmen können.

Ihre Tante lächelte sie aus grünen Augen an, die den ihren so glichen, das weiße Haar umrahmte ihr gebräuntes Gesicht wie ein Glorienschein. Sie saß im Schneidersitz auf der Couch und trug einen kirschroten Hausanzug mit knallgelber Blumenapplikation, die sich längs über die Brust und über das eine Bein zog. In ihrem Schoß schnurrte der fette Jeffrey, dessen rötliches Fell sich mit der Anzugfarbe biß. Tante Sarah tätschelte die Blumen auf ihrer Brust. „Gefällt's dir? Hab' ich mir selbst gemacht."

„Es ist... ziemlich ungewöhnlich, Tante Sarah, aber schließlich bist du es ja auch."

Der schwarzweiße Sinker stakste jetzt über das polierte Parkett, er peitschte ungeduldig mit dem Schwanz.

„Carol, laß dich nicht zum Narren halten, er hat schon gefressen."

Carol schob sich auf einen der hohen Hocker an der Frühstücksbar. „Ich bin so erledigt, daß mich momentan jeder zum Narren halten könnte."

Tante Sarah hob den protestierenden Jeffrey vom Schoß, stand auf und kam in die Küche. „Essen und ordentlich schlafen, das ist es, was du brauchst."

Einige Minuten später gähnte Carol über ihrem Teller mit Steak- und Nierchenauflauf, einer Spezialität ihrer Tante. „Irgendwelche Post?"

Tante Sarah reichte ihr eine Postkarte. „Sie ist von David – Bali gefällt ihm sehr. Kommt er in einer oder zwei Wochen zurück?"

Carol las lächelnd die Karte. „In knapp zwei Wochen. Justin und Eleanor wollen die Inseln abseits touristischer Trampelpfade erkunden." Ihr Exmann hatte das Sorgerecht über ihren elfjährigen Sohn, Carol sah ihn aber jedes Wochenende.

Als sie Davids Gekritzel auf der Karte las, sehnte sie sich nach ihm. „Er hat Tauchen gelernt." Sie konnte direkt den Stolz in ihrer Stimme hören.

Ich liebe dich, Mum, lautetete die letzte Zeile, und Carol fuhr mit der Fingerspitze darüber. Im Krankenhaus, als sie auf der Intensivstation lag, hatte der Chirurg David für ein paar Minuten zu ihr gelassen. Sybil hatte David fest an der Hand gehalten, während sie ans Bett traten, und Carol lag so geschwächt da, daß sie bereits das Atmen Mühe kostete. Noch heute sah sie sein weißes Gesicht mit den aufgerissenen Augen vor sich, als er flüsterte: „Du wirst doch nicht sterben, Mum?"

Sie hatte sich ein Lächeln abgerungen, um ihn zu beruhigen und zu vergewissern, daß sie immer für ihn da sei. Aber er hatte ihre Hand gestreichelt und mit Tränen in den Augen gesagt: „Bitte, stirb nicht, Mum. Bitte."

Jetzt verschwamm das Bild vor ihren Augen, so daß sie heftig blinzelte, und da ihr bewußt wurde, daß Tante Sarah sie ansah, fragte sie brüsk: „Sonst noch Post?"

„Nur Rechnungen... und ein Brief von Sybil."

Carol schob das Kuvert beiseite. „Ich lese ihn später."

„Was ist schiefgelaufen, meine Liebe?"

„Hat Sybil nicht mit dir gesprochen? Ich dachte, sie hätte es dir gesagt."

Die rauhen, abgearbeiteten Finger ihrer Tante hoben Carols Kinn. „Sie hat mir nichts gesagt, außer daß sie dich liebt."

Carol wandte sich ab. „Ich möchte einen Kaffee, du auch?"

„Rühr dich nicht. Ich mach' das schon." Während sich Tante Sarah an Carols alter Kaffeemaschiene zu schaffen machte, bemerkte sie: „Ach, das hab' ich vergessen. Madeline Shipley hat angerufen. Du sollst zurückrufen, wenn du kannst."

Obwohl es ihr bei dem Namen einen Stich versetzte, sagte Carol in beiläufigem Ton: „Ich rufe sie morgen an."

„Ich habe heute abend ihre Sendung im Fernsehen gesehen." Tante Sarah schniefte. „Die üblichen Sensationsgeschichten. Und dann wurde ein Special über Marla

Strickland und ihre Vortragsreise angekündigt, wahrscheinlich will sie dich nach irgendwelchen Informationen aushorchen."

„Da werde ich Madeline enttäuschen müssen. Ich weiß auch nicht mehr als sie."

„Marla Stricklands Pressekonferenz wird in den Spätnachrichten kommen." Tante Sarah schaltete den kleinen Fernseher auf der Küchenbar an. „Warst du dort?"

Carol dehnte die Schultern zur Entspannung. „Ja, aber du wirst mich nicht sehen. Ich stand nicht in Reichweite der Kameras."

„Das ist ja mal ganz was Neues." Ihre Tante grinste.

Die Presse hatte im Konferenzraum des Hotels Mikrophone und Kameras aufgebaut, und die amerikanische Feministin, nachdem sie geduscht und sich umgezogen hatte, erschien mit öffentlichkeitsgewohntem Lächeln. Durch das Fernsehen bekam Carol einen viel besseren Eindruck, als sie in Wahrheit gehabt hatte. Sie hatte, hinter einem Wandschirm verborgen, Marla Strickland nur von der Seite aus einem schrägen Winkel sehen können, ohne selbst gesehen zu werden.

Carol mußte zugeben, daß diese Frau sich charmant, doch resolut zu präsentieren verstand. Sie hatte sich in der Stadtpolitik und der allgemeinen politischen Situation hier genau ausgekannt, war über die Frauenbewegung und die Frauengruppen im Bilde und hatte sogar mit feinsinnigem Humor die Presseleute zum Schmunzeln gebracht.

„Wie ist sie in Wirklichkeit?" erkundigte sich Tante Sarah.

„Überkandidelt."

„Auch wenn ich nicht mit allem übereinstimme, was sie sagt, brauchen wir Frauen wie sie."

Carol mußte über den nachdrücklichen Ton ihrer Tante lachen. „Ach ja? Sie stößt mehr Leute vor den Kopf, als sie überzeugt.“ Sie warf einen Blick auf den Bücherstapel auf dem Couchtisch. Man hatte ihr als Hintergrundmaterial Marla Stricklands Werke übergeben: *Wie Fundamentalisten Frauen verachten* und *Vaginaneid und religiöse Theorie*. Eine Harcoverausgabe ihres neuesten Buchs – sie hatte es als Leseexemplar vorab bekommen – sollte während der Vortragsreise in Australien lanciert werden: *Gott haßt Frauen. Über die Entsexualisierung der patriarchalen Gottheit*. „Hast du schon einen Blick in ihre Bücher geworfen?“

„Pah“, sagte Tante Sarah, „ich habe die Bücher doch selbst. Außerdem bin ich Vorsitzende der Blue Mountains-Frauengruppe, und dort haben wir einige tolle Diskussionen über die Inhalte ihrer Bücher geführt. Nur dies hier hab‘ ich noch nicht gesehen.“ Sie griff nach dem Hardcoverband und reichte ihn Carol. „Hast du es gelesen?“

Vorn auf dem Umschlag war ein zerbrochener Heiligenschein über dem Haupt Gottes, der als bärtiger Greis in wehenden Gewändern dargestellt wurde. Auf der Rückseite des Umschlags prangte ein Farbfoto der Autorin, die arrogant in die Kamera starrte. „Nicht wirklich. Ich hatte keine Zeit.“

Ihre Tante grinste. „Selbst wenn du dich tagelang mopsen würdest, tätest du‘s nicht. Stimmt‘s?“

„Nein. Ich hasse es, mich missionieren zu lassen.“

„Ich würde eher sagen, daß Marla Strickland *überzeugt*.“

„Wie episch auch immer“, Carol lachte, „für mich ist und bleibt es Gehirnwäsche.“

3

Die Town Hall von Sydney mit ihren warmen, in Flutlicht getauchten Sandsteinwänden, dem ornamentalen viktorianischen Stil, den der herrliche Uhrenturm krönte, behauptete sich unerschrocken inmitten riesiger Bürotürme und dem altehrwürdigen Queen Victoria Building im Norden des Geschäftsviertels im Zentrum. Die breiten, flachen Stufen am Haupteingang der Town Hall luden viele Menschen zum Verweilen in der lauen Abendluft ein, während eine stete Menge an ihnen vorbei in das marmorverkleidete Vestibül strömte, in dessen Mitte ein riesiger, funkelnder Kristallüster prangte.

Die Fernsehkameras hatten sich auf eine grimmig dreinschauende Gruppe draußen auf dem Bürgersteig gerichtet. Die Family First-Anhänger brandmarkten auf ihren Plakaten Marla Strickland. Ein Transparent mit der Aufschrift „Hier raspelt der Teufel Süßholz“ amüsierte die Menge besonders, obszöne Witze wurden gerissen.

„Wir behalten die Gruppe im Auge“, sagte Denise Cleever zu Carol, mit der sie den Eingang beobachtete. „Obwohl ich nicht glaube, daß sie‘s mit Briefbomben haben.“

„Wie gut im Auge?“

Denise, in unauffälliger Freizeitkleidung mit losem Hemd, klopfte sich grinsend auf die Hüfte, wo Carol ihren

Revolver vermutete. „Sicher würden Sie sich geschmeichelt fühlen, wenn sie wüßten, daß wir sie wie Terroristen behandeln. Tatsache ist, daß Familiy First nach einem ausgeklügelten System operiert, ihre Anhängerschaft ist vernetzt und bereit, jede einflußreiche öffentliche Persönlichkeit mit elektronischen Medien und persönlichen Briefen zu bombardieren und auch die Presse mit Zuschriften einzudecken. Ansonsten sind die Anhänger nur dann gewalttätig geworden, wenn Leute auf die erzkonservativen Ansichten von Family First massiv reagiert haben."

„Und was war mit dem Bombenanschlag auf die Abtreibungsklinik letztes Jahr? Familiy First hatte dort eine Demonstrationskette postiert."

„Und eine Menge Zustimmung erhalten, als sie ihrem Zorn und Entsetzen Luft machten. Übrigens konntet ihr Bullen sie ja wohl nicht mit der Bombe in Verbindung bringen, oder?"

„Nein, aber mir sind alle Ultrarechten von jeher suspekt."

Denise zog die Brauen hoch. „Für eine linke Schickse hätte ich Sie nun gar nicht gehalten."

Carol grinste. „Bin ich auch nicht. Ich halte mich strikt in der Mitte."

„Na, so in der Mitte wohl doch nicht. Es braucht ziemlichen Schneid, sich zu outen, wenn du bei der Polizei bist. Dieser Berufsstand ist nicht gerade für seine Aufgeschlossenheit bekannt."

Carol zuckte die Achseln. „Das Comingout war eher ein Betriebsunfall."

Mit Bitterkeit dachte sie an die Situation zurück, die sie gezwungen hatte, ihre sexuelle Orientierung offenzulegen. Sybil war über ihre zornige Weigerung sehr ungeduldig gewesen und so erfreut, wie sie sagte, daß „das nun kein Thema mehr" sei. Aber das war es natürlich. Denn während Carol bis dahin im Prinzip die meisten Situationen bis zu einem gewissen Grad unter Kontrolle gehabt hatte, lag es von da an nicht mehr in ihrer Macht, Ereignisse zu steuern oder zu antizipieren, wann ihr Lesbischsein ein Problem darstellen könnte.

Ihr Auftrag als Bodyguard für Marla Strickland war das beste Beispiel: Die Amerikanerin hatte kein Blatt vor den Mund genommen, als sie in der Suite allein waren. „Hören Sie, Kommissarin..."

„Könnten wir Carol und Marla sagen?"

„Nun gut, Carol, ich möchte die Dinge klarlegen. Ich kann es mir nicht leisten, mit einer offenen Lesbe assoziiert zu werden. Selbstredend hat das nichts mit Vorurteilen zu tun."

„Und selbstredend sind einige Ihrer besten Freundinnen Lesben", sagte Carol trocken.

Marla winkte ungeduldig ab. „Es geht hier um Politik."

Carol verschränkte die Arme. „Ich wette, daß lesbische Frauen Ihren Kampf um die Rechte der Frauen im allgemeinen, inclusive des Rechts auf Schwangerschaftsunterbrechung, unterstützen."

„Das tun sie, und dafür bin ich ihnen zu Dank verpflichtet. Wie ich schon sagte, es geht hier um Politik. Nichts ist leichter für Leute, die mich bekämpfen – und glauben Sie ja nicht, die schreckten vor irgend etwas zurück und hätten keine Macht –, als mich als Lesbe zu beschimpfen. Wissen Sie, was ich meine?"

„Ich glaube nicht."

Marla seufzte. „Wenn die sagen können, ich sei eine schwule Männerhasserin, oder mich mit schwulen Männerhasserinnen direkt in Verbindung bringen können, können sie meinen Einfluß brechen und normalen Frauen, die ein normales Leben führen, einreden, ich sei eine gefährliche Radikalistin."

„Sind Sie das nicht?"

Marla gluckste amüsiert. „Ja, Carol, gewiß doch. Aber es wäre der Sache nicht dienlich, wenn ich die Mitte Amerikas abschrecke – oder in diesem Fall die Mitte Australiens. Das Wort Feministin ist, weiß Gott, schon belastend genug bei diesen Frauen."

„Sie haben mich am Hals, Marla. Ich habe mich gegen diesen Auftrag gesträubt, so heftig, wie Sie sich gegen mich gewehrt haben. Doch es hilft nichts."

„Nehmen Sie's nicht persönlich, aber ich werde es weiter versuchen."

„Hoffentlich mit Erfolg", hatte Carol mit säuerlichem Lächeln erwidert.

Jetzt fuhr ein Wagen vor und brachte sie wieder in die Gegenwart. Ein Mann mit aufpoliertem jungenhaftem Grinsen entstieg ihm. „Der Minister für's Kunstgewerbe", sagte Denise verächtlich. Joseph Marin, der Kulturminister, lächelte auf den Stufen der Town Hall in die Kameras. „Dieser Schaumschläger."

Carol nickte. „Er tanzt wohl auf jeder Hochzeit."

„Sie sagen es! Und er hat einen echten Größenwahn. Er glaubt nicht nur, er hätte das Zeug zum Premierminister, sondern leidet auch unter Verfolgungswahn. Ständig fragt er beim Geheimdienst an, ob Terroristen es auf ihn abgesehen haben. Aber welcher Terrorist, der auf sich hält, würde schon bei einem Mordanschlag auf ihn womöglich ins Gras beißen wollen?" Sie sahen dem Minister nach, der ein letztes Mal der Menge zuwinkte und im Gebäude verschwand. „Apropos Mordanschlag, wer bewacht Strickland?"

„Anne Newsome. Ich werde sie ablösen, sobald der Vortrag beginnt."

„Ist Anne Newsome wirklich gut? Sie erscheint mir so jung."

Carol grinste trübselig. „Meinen Sie damit, wenn Polizistinnen jung aussehen, heißt das, daß Sie in die Jahre kommen?“

Die Geheimdienstagentin musterte sie anerkennend. „*Sie* jedenfalls sehen noch immer ganz beachtlich aus.“

Das Kompliment überraschte Carol. „Danke...“

Bei ihrem Seitenblick grinste Denise. „Carol, ich bin eine Schwester.“

„Tatsächlich?“

„Tatsächlich. Die Gesichtskontrolle des Geheimdienstes kannst du auch passieren ohne heterosexuell zu sein, sofern du offen und unverklemmt mit deiner Sexualität umgehst, damit du nicht erpreßbar bist.“

„So oder so, für mich macht das keinen Unterschied“, tat Carol das Thema ab.

Denise lächelte breit. „Na, für mich schon, das ist so sicher wie das Amen in der Kirche.“

***

Das Murmeln des wartenden Publikums ebbte ab, sobald jemand über die Bühne ging, und schwoll wieder an, wenn ersichtlich wurde, daß es sich nicht um Marla Strickland handelte. Die Bühne wölbte sich in den Saal hinein, und Carol, die daneben stand, musterte die umlaufenden Ränge, auf denen sich die Leute drängten.

„Sicherheitstechnisch ist dies ein Alptraum“, sagte sie zu Anne Newsome. „Haben Sie überprüft, ob der Sicherheitsdienst von Huntling die Flure im ersten Stock kontrolliert?“

„Sie haben ihren Posten bezogen, obwohl ich nicht weiß, was sie ausrichten können, wenn wirklich etwas passiert.“

„Während des Vortrags sollten sollten Sie links von der

Bühne stehen. Für den Fall, daß es zu einem Anschlag kommt, haben wir das Podium kugelsicher verkleidet. Also sorgen Sie dafür, daß Marla dahinter in Deckung geht. Haben Sie Ihre kugelsichere Weste an?"

„Ja. Und Marla Strickland auch, obwohl sie sich geweigert hat. Das verdürbe ihr Outfit, sagte sie."

Carol sprach in das kleine Mikrophon am Revers ihres Blazers: „An alle, noch zehn Minuten."

Sie tätschelte Annes Arm. „Okay, beziehen Sie jetzt Position und behalten Sie die Schwachstellen im Auge, von denen Gefahr drohen könnte. Und denken Sie daran, sich nicht von Stricklands Auftritt ablenken zu lassen – beobachten Sie das Publikum."

Carol wartete, bis Anne ihre Position eingenommen hatte. Nach anfänglicher Ablehnung schätzte sie die Fähigkeiten der jungen Kriminalmeisterin inzwischen sehr, deren durchschnittliches Aussehen – goldbrauner Lockenkopf, braune Augen, glatte gebräunte Haut – nichts von ihrer überdurchschnittlichen Intelligenz und starken Ambitioniertheit verriet. Mit Mark Bourkes tatkräftiger Unterstützung entwickelte sie eine enorme Spürnase.

Als Carol zu Marla Stricklands Garderobe kam, hörte sie ihre aufgebrachte Stimme: „Mir ist es gleich, ob ich aus ganz Australien telefonisch bedroht werde! Daß ich mir einen Bodyguard *und* eine Geheimagentin gefallen lassen muß, reicht mir absolut. Ich habe meinen eigenen Sicherheitsdienst und brauche niemanden sonst."

Eine Frau redete beschwichtigend auf sie ein. Dann hörte Carol schmunzelnd, wie Sid Safer in konziliantem Ton sagte: „Ms. Strickland, ich verstehe ja, wie sehr Sie das alles aufregen muß..."

„Das einzige, was mich hier aufregt, sind *Sie*."

Bei Carols Eintritt zuckte Sids Augenbraue hoch, ehe er in zuckersüßem Ton fortfuhr: „Gewiß fanden Sie die

Drohung, die Ihnen ins Hotel gefaxt wurde, sowie die diversen unerfreulichen Anrufe, gelinde gesagt beunruhigend. Ich würde meinen, daß Ihnen eher an mehr Sicherheit gelegen wäre, nicht an weniger."

Marla fixierte ihre korallenroten Fingernägel. „Derartige Drohungen bin ich gewohnt. Unter Millionen hat nur einer die Absicht, sie wahrzumachen."

Carol dachte nicht daran, sich in diese Debatte einzumischen, und schenkte sich einen Kaffee ein. Sie nickte Pam Boyle zu, die ihren langen Körper in einem Sessel in der Ecke zusammengefaltet hatte und vergeblich versuchte, ihre widerspenstige Mähne mit den Händen zu glätten.

Die andere Frau neben Marla war um einiges interessanter. Ihr Foto in Carols Recherchenbericht hatte sie als Frau mit dunklen Augen, graumeliertem Haar und klassisch geschwungenen Lippen gezeigt, aber nicht dieses durchdringende finstere Starren oder ihre steife Haltung. Beverly Diaz stand neben Marla, als sei sie auf einer Parade.

Nun musterte sie Carol von oben bis unten, so emotionslos wie eine Maschine.

„Wir haben uns noch nicht kennengelernt." Carol streckte die Hand aus. „Ich bin Carol Ashton."

„Ich weiß, wer Sie sind." Ihre Stimme war leise und angestrengt. Sie berührte Carols Hand für den Bruchteil einer Sekunde, ohne sich vorzustellen.

Marla schlang dieser steifen Frau den Arm um die Schultern. „Carol, dies ist meine rechte Hand. Was täte ich ohne Bev? Sie ist meine persönliche Assistentin, und..." Marla warf Sid einen raschen Blick zu, „Bev kümmert sich um alle Sicherheitsangelegenheiten, ergo bin ich in sicheren Händen."

„Sind sie in Selbstverteidigung trainiert?" fragte Sid. „Davon stand nichts in den Akten."

Kein Wimpernzucken unterbrach Beverlys finsteres Starren. „Dann sind Ihre Berichte mangelhaft."

Ein kleiner besorgt dreinschauender Mann wurde jetzt von dem Wachtposten an der Tür hereingelassen. „Entschuldigen Sie, Ms. Strickland, aber die Ehrenplätze sind alle besetzt, und wir verspäten uns etwas..." Mit herausforderndem Lächeln tippte er auf seine Uhr. „Wenn es Ihnen recht wäre..."

„Bev, meine Notizen. Pam, es wird Zeit, sich hinten in der Halle zu postieren. Such Gary und nimm ihn mit."

Neugierig sah Safer zu, wie sich Pam Boyle aus dem Sessel schälte und aus dem Zimmer eilte. „Hinten in der Halle? Was soll das?"

Marla überprüfte ein letztes Mal ihr Make-up. „Pams Aufgabe ist es, die Reaktionen auf meine Schwerpunkte auszuwerten. Wenn ich meinen Vortrag gut präsentieren will, muß ich genau wissen, was ankommt und was nicht. Oben auf der Bühne im Scheinwerferlicht könnten mir womöglich die Feinheiten der Publikumsreaktion entgehen." Sie strich über eine Augenbraue und wandte sich an Carol. „Sind Sie bereit, Ihr Leben aufs Spiel zu setzen, Kommissarin?" Ohne auf eine Antwort zu warten, erklärte sie dem kleinen Mann: „In einer Minute erscheine ich auf der Bühe. Versichern Sie sich, daß der Bürgermeister bereit ist, mich anzukündigen..."

***

Bei ihrem Auftritt hob Marla zur Begrüßung die Arme, als die Menge sie mit großem Beifall empfing, dann wartete sie am Podium, bis der Applaus sich gelegt hatte. Sie ließ die Stille einen langen Moment wirken, dann kam sie sofort auf den Punkt: „Sie haben gehört, daß ich sagte, Gott haßt die Frauen. Vielleicht haben Sie das für eine

Übertreibung gehalten." Sie machte eine Pause, dann fuhr sie fort: „Daran ist mehr wahr, als Sie sich vorstellen können. Dort oben..." Marla deutete himmelwärts, „existiert der patriarchale Gott, den unsere Gesellschaft in blindem Gehorsam anbetet, wie es die Männerhierarchie gebietet." Ihre Stimme klang lauter und überzeugend, als sie sagte: „Dieser Gott ist eindeutig männlich und als liebender Vater personifiziert. Ein Vater! Ein himmlischer Elternteil, der die weibliche Hälfte der Bevölkerung zu Unterwürfigkeit und Machtlosigkeit verdammt. Ein göttlicher Elternteil, der sich auf die Seite jener geistigen, psychischen, kulturellen und physischen Unterdrücker schlägt, die ihre persönliche Identität lediglich darin zu finden vermögen, daß sie sich in ihrer Männlichkeit sonnen, die sie dem Zufall der Geburt verdanken." Sie beugte sich vor, wobei sie das Pult mit beiden Händen ergriff. „Und das Bedauerliche ist, daß manche Frauen sie darin auch noch unterstützen."

Carol war völlig auf jedwede Bewegung nahe der Bühne konzentriert, so daß sie nur hin und wieder den Blick zu Marla schweifen ließ, aber die Videobänder, die sie sich angesehen hatte, hatten ihr bereits einen Eindruck vom starken mitreißenden Auftritt dieser Frau auf der Bühne vermittelt.

Marla verstand zu reden, sie variierte Tonlage, Lautstärke und Geschwindigkeit ihrer Stimme zu einer glänzenden Vorstellung.

„Die Bevölkerung der Vereinigten Staaten beläuft sich auf etwa zweihundertfünfzig Millionen Menschen", fuhr sie im Plauderton fort. „Fast ein Viertel davon behauptet, dieses benachteiligende, verzerrende, fundamentalistische Weltbild zu akzeptieren. Etliche weitere Millionen unterstützen die frauenfeindliche Heuchelei der Extremisten in den großen Religionen, darunter die römisch-katholische

Kirche und der muslimische Glauben.“ Sie hob die Hand. „Es ist *ihr* Gott, der Frauen haßt!“

Die Scheinwerfer betonten den Kontrast des schwarzen Haars und des blassen, schmalen Gesichts, Marlas große Augen sprühten. Und sie wußte ihre Pausen zu setzen. Sie sprach in kurzen prägnanten Sätzen, betonte, was sie hervorheben wollte, und hielt einen Moment inne, damit das Gesagte einsinken konnte.

Ihr Vortrag bestand aus einer Reihe verbaler Überschriften, die sie mit knappen treffenden Bemerkungen kommentierte. Sie würzte ihre Rede mit humorvollen Anekdoten und witzigen Anmerkungen, um den fast hypnotischen Rhythmus zu brechen.

Carols Respekt wuchs, je länger sie das gebannte Publikum betrachtete, das an Marlas Lippen hing. Und obwohl Carol nur mit halbem Ohr zuhörte, stimmte sie ihr im stillen zu, als Marla jetzt sagte: „Und so lange Frauen ihren Wert einzig und allein im anerkennenden Blick der Männer sehen, ist ihre Selbstachtung auf Sand gebaut...“

Bei ihrem Schlußwort reckte Marla die geballte Faust, diese typische Geste war ihr Markenzeichen, und das Publikum applaudierte begeistert, johlte und schrie und stampfte mit den Füßen.

Keine sichtlich lebensbedrohende Situation entstand: Kein Attentäter sprang auf den überfüllten Rängen auf, um das Gewehr auf sie zu richten oder eine Handgranate oder Bombe zu werfen; kein Fanatiker versuchte auf die Bühne zu stürmen; kein Mörder lauerte auf den Fluren und in den angrenzenden Räumen, um sich nach der Rede auf sie zu stürzen.

In der Garderobe war Marla aufgekratzt und redselig. Ihrer Aufgedrehtheit rief sogar ein unterkühltes Lächeln auf Bev Diaz‘ Lippen hervor. Marla drückte der widerstrebenden Carol ein Glas Champagner in die Hand und sagte: „Sehen Sie, Carol! Nichts ist passiert – und es wird auch nichts passieren.“

Carol stellte das Champagnerglas auf den Tisch. „Das war Nummer eins“, sagte sie, „und zehn weitere folgen noch. Hätte ich ein Attentat auf Sie vor, würde ich Sie mir erst ein paarmal ansehen...“

4

Beim leisen Schnappen eines Schlosses fuhr Carol im Bett hoch. Ihr Zimmer lag direkt neben der Eingangstür der Suite. Die Leuchtziffern ihrer Uhr zeigten auf zehn nach zwei. Mit schmerzverzerrtem Gesicht erhob sie sich und griff nach der bereitliegenden Taschenlampe und dem Revolver. Sie entsicherte die Waffe und schlich geräuschlos zur halbgeöffneten Tür, der bequeme Baumwolltrainingsanzug knisterte auf ihrer Haut. Sie trat in den geräumigen Flur mit der Sitzgarnitur und hielt die aufgeblendete Taschenlampe weit vom Körper entfernt. Sollte die dunkle Gestalt bei der Tür auf den Lichtstrahl feuern, könnte die Kugel schlimmstenfalls ihren Arm treffen.

Sie knipste das Flurlicht an. „Keine Bewegung!" Helles Licht fiel auf Beverly Diaz' erstarrte Gestalt, die sich nun mit dem Arm die Augen abschirmte. „Halten Sie die Hände so, daß ich sie sehen kann."

Die Frau rührte sich nicht, erst als Carol im Zimmer Licht machte, ließ sie den Arm sinken. Sie richtete sich auf und straffte die Schultern. Ihre schwarzen Augen starrten Carol an. „Nehmen Sie Ihren Job nicht vielleicht etwas zu ernst, Kommissarin? Haben Sie vielleicht vergessen, daß draußen auf dem Gang Huntlings Leute Wache stehen?"

Carol öffnete die Tür und sah hinaus. Der Wachmann in seiner dunkelblauen Uniform grinste sie einfältig an.

„Ich weiß, daß Sie gesagt haben, ich soll Ihnen melden, wenn irgend jemand hier auftaucht. Aber ich wußte ja, daß Ms. Diaz hier wohnt, und sie hat mir gesagt, sie hätte einen Schlüssel und würde Sie nicht aufwecken."

„Bitte befolgen Sie meine Anweisungen, selbst wenn es sich um Marla Strickland persönlich handelt. Ist das klar?"

Der Wachmann nickte zögernd. „Tschuldigung."

Als sie die Tür schloß, vernahm sie das leise Klicken, das sie aufgeschreckt hatte. Sie schob den Revolver in die Tasche ihrer Trainingshose und spürte sein Gewicht an ihrem Oberschenkel. Die Frau starrte sie mit ausdruckslosem Blick an. „Ich hatte keine Ahnung, daß Sie heute nacht vorhatten auszugehen, Ms. Diaz. Als ich Sie das letztemal sah, sagten Sie, Sie wollten zu Bett gehen."

„Ich hab's mir eben anders überlegt."

Carol verspürte eine Abneigung gegen diese Frau und fragte sie lächelnd: „Es war wohl ein spontaner Einfall, oder?"

„Wenn Sie so wollen."

„Hätten Sie vielleicht die Güte, mir zu verraten, wo Sie gewesen sind?"

„Nein, hab' ich nicht."

Carol wartete schweigend. Die meisten Menschen fühlten sich gedrängt, das Schweigen zu füllen, aber Bev Diaz stand bloß da und starrte sie herausfordernd an. Carol griff nach ihrer Taschenlampe. „Dann gibt es wohl nichts weiter zu sagen."

„Scheint so."

Carol wußte, daß ihr der Ärger über diese arrogante Frau nicht anzumerken war. „Dann gute Nacht." An ihrer Schlafzimmertür drehte sie sich um, Bev Diaz starrte sie noch immer an. „Und, Bev", sagte Carol, indem sie den Namen betonte, „aus Sicherheitsgründen rate ich Ihnen, tun Sie das nicht noch einmal."

„Aus Sicherheitsgründen?“

Carol lächelte zuckersüß. „Sonst werden Sie das nächstemal vielleicht erschossen.“

***

Das Café war fast leer, so bekamen Sid Safer und Carol eine Nische am Fenster. „Nun halten Sie aber die Luft an“, sagte Safer, indem er den dritten gehäuften Löffel Zucker in seine Tasse schaufelte, „Sie wissen doch, daß nur ein paar von uns voll für die Strickland-Tour zur Verfügung stehen, deshalb ist es nicht drin, daß wir diese Diaz beschatten, sooft sie sich davonschleicht.“

Carol trank einen großen Schluck ihres schwarzen Kaffees. Nach dem Zwischenfall in der vergangenen Nacht hatte sie sehr unruhig geschlafen und brauchte einen Schuß Coffein, um in Gang zu kommen. „Aber Sie wüßten, wenn Bev Diaz hier in Sydney Freunde, Kontakte oder ähnliches hätte?“

„Schon möglich.“

„Na, kommen Sie, Sid, raus mit der Sprache.“

Er hielt sich die Hand vor die Augen. „Lassen Sie bloß nicht den Ashton-Charme spielen. Wie könnte ich da widerstehen.“

„Ich dachte, es gäbe eine neue Kooperationsbasis zwischen den Gesetzeshütern in Bund und Land“, sagte Carol lässig. Sie wußten beide, was für ein Gerangel es in letzter Zeit zwischen beiden gegeben hatte.

„Sie könnte zu einem AA-Treffen gegangen sein.“

„Eine Alkoholikerin? Davon stand nichts in ihrer Akte.“

Sid grinste über Carols Verblüffung. „Viel interessanter ist, daß sie offenbar gar keine Probleme mit dem Alkohol hat. Bei Strickland Enterprises hat niemand etwas von einer derartigen Sucht bemerkt.“

„Warum dann die AA-Treffen?“

„Das ist die Frage.“ Er zuckte die Achseln. „Vielleicht versteht sie es zu verheimlichen, vielleicht hat sie auch nur eine Neigung zur Sucht. Aber es könnte auch sein, daß sie diese Treffen einfach benutzt, um Typen aufzureißen.“

Carol machte der Bedienung ein Zeichen, ihr noch einen Kaffee zu bringen. „Sie auch noch ein Täßchen Sirup?“ fragte sie ihn mit angewidertem Blick auf den dicken Satz in seiner Tasse.

„Wenn Sie bezahlen.“

Carol wartete, bis der Kaffee vor ihnen stand, dann fragte sie: „Seit wann geht sie zu diesen Treffen?“

„Seit einem Jahr, soweit ich weiß.“

„Wie sind Sie dahintergekommen?“

Sid fuhr sich mit den Fingern durchs blonde Haar. „Wir haben so unsere Quellen.“ Er grinste über ihre Grimasse. „Nach der Briefbombe haben wir Leute rübergeschickt, um die Mitarbeiterinnen von Strickland auszuhorchen. Wir bekamen diese Information. Offenbar wußten alle, daß Diaz zu den Anonymen Alkoholikern geht.“

„Ich kann mir nicht vorstellen, daß die AA-Treffen bis morgens um zwei dauern.“

Er gluckste. „Tja, Carol, vielleicht hat sie den Mann ihrer Träume gefunden.“

„Wenn das der Fall ist“, sagte Carol, „zeigte sie keine Spur von Glückseligkeit.“

***

Später an diesem Morgen stieß sie in der Küche der Penthouse-Suite auf Marlas Stiefsohn. „Gary, ich würde gern ein paar Worte mit Ihnen wechseln.“

„Kommissarin?“ Er lehnte sich an die Bank und glättete abwartend seinen spärlichen braunen Schnäuzer.

„Bitte, sagen Sie Carol zu mir."

„Carol."

Da sie ihn noch nicht besonders gut kannte, wußte sie nicht, ob er diesen hochnäsigen Ton immer draufhatte oder speziell ihr gegenüber. Er hatte ein weiches, unerwachsenes Gesicht, sein stumpfes braunes Haar fiel ihm tief in die Stirn, und er hatte diesen ständigen Ausdruck von Überdruß und Weltschmerz. „Gehen Sie öfter mit Ihrer Mutter auf Reise?" stachelte sie ihn ein bißchen an.

Er richtete sich auf. „Sie meinen Marla. Meine Mutter ist tot."

„Sie waren wohl noch sehr jung, als sie starb?"

Natürlich wußte Carol die Antwort aus den Akten. Gary Hawkins war sechs gewesen, als seine Mutter starb, und sein Vater hatte sechs Jahre gewartet, bis er sich wieder verheiratete. Es war auch Marlas zweite Ehe – die erste war kinderlos geblieben, und die Scheidung war bitter gewesen.

„Wieso fragen Sie eigentlich, wenn Sie doch alles wissen?" stellte Gary die verblüffend kluge Gegenfrage. Er vergrub die Hände in die Taschen seiner verschmuddelten Jeans. „Also, was wollen Sie wirklich wissen?"

„Was sind Ihre tatsächlichen Aufgaben? Ich weiß, was Sie sein sollten. Was sind Sie in Wirklichkeit?"

Sein breites Grinsen enthüllte makellose weiße Zähne. „Tja, Transportmanager klingt ziemlich gut, was? In Wahrheit bin ich Marlas Kuli. Ich tue all das, wozu sie die anderen nicht kriegt... beziehungsweise die Dinge, von denen ihrer Meinung nach niemand was wissen soll." Er verzog gehässig den Mund. „Eine familiäre Angelegenheit sozusagen."

Carols Neugier war geweckt. „Was wäre das beispielsweise?" fragte sie freundlich.

Ein verschlagenes Lächeln brachte Leben in sein Gesicht, und auf einmal sah es härter und intelligenter aus. „Nichts, was für Sie von Interesse wäre, Carol." Er betonte ihren Namen. „Obwohl... wer weiß, da wir nun Kollegen sind, könnte ich's Ihnen vielleicht auch verraten... Aber nicht jetzt. Ich muß gehen."

Du kleines Arschloch, dachte Carol und wußte nicht ganz, ob sie sich amüsieren oder irrtiert fühlen sollte.

***

Der Zimmerservice brachte das Essen. Zwar hatte sich Marla beklagt, da sie viel lieber in das zu Recht berühmte Hotelrestaurant gegangen wäre, und als Carol darauf bestand, daß der Wachmann von Huntling den speisenbeladenen Wagen hereinfuhr, riß Marla der Geduldsfaden: „Glauben Sie etwa, daß der Kellner mit einer Kanone herumläuft?"

Carol runzelte die Stirn. „Offenbar sehen Sie sich nie Filme an, in denen es um den Schutz von Kronzeugen geht – es ist eine zeitsparende Methode, an die heranzukommen, auf die man's abgesehen hat."

Gary war der einzige, der ihnen beim Mittagsessen Gesellschaft leistete. Er schaufelte es mit gesenktem Kopf in sich hinein und verließ den Tisch, kaum daß er fertig war.

Das ausgezeichnete Essen hatte Marlas gute Laune wiederhergestellt, und nun schenkte sie sich und Carol einen Kaffee ein. Sie lehnte sich bequem zurück und beäugte Carol wohlwollend. „Kommen Sie mit in die Kunstgalerie, oder bin ich mit Anne Newsome gesegnet?"

„Das Privileg gebührt mir."

Marla grinste über Carols trockenen Ton. „Kunst ist wohl nicht Ihre Sache?"

„Im Gegenteil, das war in der Schule eines meiner

besseren Fächer, und seit ich Pat James kenne, interessiere ich mich für die Austellungen in der Staatsgalerie."

„Sie kennen die Kuratorin der Frauenausstellung?" fragte Marla höflich erstaunt.

Carol fixierte sie. „Pat ist mit einem meiner Kollegen verheiratet."

Ein ungläubiges Lächeln. „Bullen mit Kultur!"

Carols Ausdruck war unbewegt, doch innerlich schäumte sie. Gerade in dem Augenblick, als sie dieser Frau etwas abzugewinnen begann, knallte die ihr grundlos diese Beleidigung vor den Latz. „Bitte, tragen Sie heute abend Ihre kugelsichere Weste", sagte Carol kühl.

„Das Ding ist so heiß, verdammt."

Carol dachte, wie anders alles gekommen wäre, hätte *sie* eine solche Weste getragen, als der Junge auf sie geschossen hatte, dort auf der schäbigen Veranda. „Tragen Sie sie trotzdem", entgegnete sie bissiger als beabsichtigt.

Zu ihrer Überraschung lächelte Marla. „Okay." Dann fügte sie hinzu: „Aber ich wüßte doch gern, ob sich die Mühe lohnt, sie bietet doch keinen totalen Schutz, oder?"

Carol beugte sich vor und goß sich noch etwas Kaffee ein. „Nein, nicht gegen Schnellfeuergeschosse, aber normale Kugeln prallen ab, auch Granat- und Bombensplitter. Bei einem Angriff mit einem Dolch bietet sie wahrscheinlich nur wenig Schutz, da sie durchbohrt werden könnte."

„In einem solchen Fall würde ich mich auf *Sie* verlassen müssen", stichelte Marla.

Carol tat, als hätte sie's nicht gehört. „Und wenn jemand auf Sie schießt, werden Sie das Gefühl haben, es hätte Sie ein Pferd getreten. Sie werden Prellungen davontragen und vielleicht ein paar gebrochene Rippen."

„Ich werde Ihnen den Gefallen tun, aber es wird mich niemand angreifen."

„Das könnte ein berühmtes letztes Wort gewesen sein."

„Ich vertraue mich Ihnen an", sagte Marla ironisch. „Ich erwarte also, daß Sie, sollte es tatsächlich jemand auf mich abgesehen haben, mir diese Person vom Leib halten."

Carol stellte ihre Kaffeetasse hin. „Wußten Sie, daß Bev Diaz zu AA-Treffen geht?"

„Was immer Bev tut – es ist ihre Sache. Sie macht ihre Arbeit perfekt. Das reicht mir." Sie rückte vom Tisch ab.

Carol legte den Kopf zur Seite. „Das ist keine Antwort."

Marla ging zur Tür. „Mehr sage ich dazu nicht, also lassen Sie es."

***

Die Staatsgalerie inmitten der weiten Rasenfläche war angestrahlt, das Säulenportal und die Sandsteinmauern glühten in der untergehenden Abendsonne. In den Morton Bay-Feigen schlugen Fledermäuse träge mit den Flügeln und unterhielten sich lautstark.

Gary Hawkins sah gelangweilt drein, aber Marla beugte sich erwartungsvoll vor, als die Limousine vor dem Portal hielt. „Bev, hast du mein Manuskript?"

Bev Diaz tippte auf die schwarze Ledermappe. „Hier drin. Aber ich weiß, daß du es nicht brauchst – du hast deine Stichwortkarten für die Rede."

„Bleib an meiner Seite, wenn ich beginne, falls eine schwierige Frage auftaucht."

Fasziniert beobachtete Carol dieses Zeichen von Unsicherheit bei einer Frau, die ein so selbstbeherrschtes, souveränes Bild vermittelte. „Ist es nötig, daß Sie sich vorbereiten?" fragte sie. „Sie müssen doch schon Hunderte, wenn nicht Tausende Reden gehalten haben."

Marla zuckte die Achseln. „Meiner Erfahrung nach kannst du dich gar nicht genug vorbereiten. Immer wieder taucht eine Frage auf, an die du nicht gedacht hast, und wenn du keine Antwort weißt, untergräbt das alles, was du zuvor gesagt hast."

Carol merkte, daß sich Marla den Fernsehkameras am Eingang zuwenden wollte, und schob sie unverzüglich durch das Portal, wo Pat, ein wenig verlegen vor Stolz, der Direktor der Staatsgalerie und Joseph Marin, der unvermeidlichen Kulturminister, sie erwarteten. Zu ihrer Überraschung bemerkte Carol neben ihm die Justizministerin von New South Wales, Marjory Quince. Die Bedeutung dieses Ereignisses dämpfte Pats üblichen Enthusiasmus, doch begrüßte sie Carol mit einem raschen Lächeln, ehe sie Marla Strickland die Hand schüttelte.

Nun schlenderte der erlauchte Kreis gemächlich durch die Ausstellung, wobei Joseph Marin ständig dazwischenredete und besserwisserische Kommentare über die Kunst von Frauen in Australien abgab.

Carol wußte, daß sie Verstärkung bekommen hatte – die dezent gekleidete Denise Cleever hatte sich unauffällig der Gruppe angeschlossen –, also konnte sie sich die Bilder mit Muße ansehen Manche der Malerinnen, wie Margaret Preston, Grace Crowley, Grace Crossington Smith, Thea Proctor, waren Carol bekannt, viele andere nicht.

Als die Gruppe jetzt vor einem besonders schönen Gemälde von Crossington Smith verweilte, fragte Carol Pat: „Hatte Mark keine Zeit?"

„Ich hab's ihm noch gesagt, aber er meinte, es sei ausgeschlossen." Ein zärtliches Lächeln trat auf ihr Gesicht. „Im Grunde hat Mark von Kunst wenig Ahnung. Außerdem sagte er, daß er vor Marla Strickland ‚ein klein bißchen Angst' hätte."

Hinter ihnen gluckste es. „Ein klein bißchen Angst", sagte Marla, „das ist süß!"

Pat grinste. „Das ist Macht – die starke Männer schwach werden läßt."

„Nein", entgegnete Marla plötzlich ernst. „Darum geht es mir nicht. Ich will, daß Frauen stark sind – nicht Männer schwach."

„Ganz meine Meinung!" dröhnte Joseph Marins sonore Stimme dazwischen. „Starke Frauen. Starke Männer. Gemeinsam können wir eine starke Gesellschaft aufbauen."

„Wahlpropaganda", flüsterte Pat Carol zu. „Sie können schon gar nicht mehr anders."

„Und die Familie ist der Eckpfeiler dieser Gesellschaft", fuhr der Minister fort.

„Dann wird Sie meine Rede interessieren", sagte Marla mit ironischem Lächeln. „Denn ich befasse mich auch mit diesem Thema."

Der erlauchte Kreis begab sich in den angrenzenden Saal, wo die geladenen Gäste sich bereits plaudernd am Buffet bedienten. Das Gemurmel erstarb, sobald Marla ans Podium trat. Als sie ihre Rede begann, betrachtete Carol aufmerksam die Gesichter der Anwesenden, in denen höfliches Interesse allmählich gespannter Erwartung und allgemeiner Zustimmung wich. Marla sprach über die Abwesenheit von Namen großer Malerinnen in der Kunstgeschichte, über die Gesellschaftsstruktur, die Frauen zeitlich wie räumlich daran hindert, künstlerisch tätig zu sein, sei es als Malerinnen, Architektinnen, Komponistinnen etc. Gary schien der einzige im Publikum zu sein, den die Rede völlig kalt ließ. Mit verschränkten Armen lehnte er lässig an der Tür. Bev Diaz stand nahe dem Podium, und Carol sah, wie Marla ihr gelegentlich einen Blick zuwarf. Doch das war rein zur Bestärkung. Marla sprach frei, ohne Manuskript und ohne ins Stocken zu geraten.

Obwohl ihre Stimme so energiegeladen war, wie Carol es bereits von ihr kannte, hielt Marla sich mit großen theatralischen Gesten vor diesem kleineren Publikum zurück. Nun streifte sie Joseph Marin mit ironischem Blick und kam auf die Institution Familie zu sprechen, welchen Anteil die rigiden Geschlechtsrollen am Ungleichgewicht der Macht innerhalb der traditionellen Familie haben, und wie die Frauenarbeit systematisch entwertet worden sei. Zornig erklärte sie: „... und wenn Frauen trotz all dieser Behinderungen von ihrer Begabung Gebrauch machen und sich als exzellente Künstlerinnen erweisen, sind ihre Namen dennoch weitgehend unbekannt. Warum ist das so? Warum ist die Kunst von Frauen so wenig verzeichnet? Entspricht sie womöglich nicht den qualitativen Maßstäben? Nein! Sie kommen nicht vor, weil die Geschichtsschreibung von Männern gemacht wird. Männer haben die ökonomische, politische und religiöse Macht, den Fokus auf das künstlerische Individuum zu lenken. Männer bestimmen, wessen künstlerische Leistung es wert ist, historisch überliefert zu werden, wer als Talent in die Kunstgeschichte eingeht und wer nicht..."

***

„Ihre Rede hat mir gefallen", dröhnte der Minister mit übertriebener Geste. „Allzu lange ist Frauen die Aufmerksamkeit verwehrt worden, auf die sie ein Recht haben..."

„Das Wort pompös gewinnt hier eine neue Dimension", erklärte Denise Cleever, die sich zu Carol gesellt hatte. Dann deutete sie zu Marjory Quince, die mit dem Direktor der Staatsgalerie tuschelte. „Ist Ihre Ministerin etwa hier, um Sie zu kontrollieren, Carol?"

„Glaub' ich nicht – aber andererseits: Daß sie sich für Kunst interessiert, ist mir neu..."

Anfangs, als die Senatorin Marjory Quince, eine hart arbeitende, ernstzunehmende Politikerin, zur Justizministerin ernannt wurde, war Carol sehr von ihr angetan gewesen. Doch dann hatte die Ministerin ihr politisches

Amt mißbraucht, um einen Freund, der in einen Kriminalfall verwickelt war, zu begünstigen – woraufhin Carol eine andere Meinung von ihr bekam.

Als hätte Marjory Quince gespürt, daß von ihr die Rede war, sah sie zu Carol und Denise herüber, brach ihr Gespräch ab und kam auf sie zu. „Kommissarin Ashton. Wie schön, Sie hier zu sehen." Sie hatte eine scharfe Stimme, die durchaus zu ihrem kantigen Körper paßte. Ihr Blick streifte Denise, sie erkannte sie und nickte kurz, kehrte ihr sodann ostentativ den Rücken. „Kommissarin, wenn ich Sie kurz einmal sprechen könnte..."

„Natürlich, aber ich –"

„Daß Sie im Dienst sind, weiß ich sehr wohl, Kommissarin. Ich wollte auch nicht, daß Sie den Raum verlassen."

Carol fragte sich, was hinter den harten Zügen dieses fast ausdruckslosen Gesichts vorging. Markiges Auftreten oder das Ausspielen von Macht hatte Carol noch nie eingeschüchtert, doch diese Frau tat beides, dazu war sie noch derart unterkühlt, daß es selbst Carol irritierte.

„Der Polizeichef hat, wie ich weiß, Ihnen nachdrücklich unterbreitet, daß wir glauben, Marla Strickland befinde sich in akuter Lebensgefahr. Es ist nicht genug, daß Sie sie beschützen, Kommissarin, falls es zu einem Anschlag kommt. Jede potentielle Bedrohung sollte im Keim erstickt werden. Gewiß muß ich Sie nicht daran erinnern, wie schädlich die Publicity wäre, die ein Attentat, selbst wenn es scheitert, hervorriefe." Sie hielt einen Augenblick inne. „Wie ich hörte, zeigt sich sogar der Premierminister besorgt, was für negative politische Folgen ein solcher Zwischenfall hervorrufen könnte." Noch ehe Carol antworten konnte, fügte sie hinzu: „Ich bin sicher, daß Marla Strickland in guten Händen ist..." Ein knappes, kühles Lächeln, und sie war gegangen.

Denise, die in Hörweite geblieben war, fragte: „Habe

ich richtig gehört, daß der Premierminister erwähnt wurde?“

„Nur als schmückendes Beiwerk.“ Nachdenklich blickte Carol zur Tür, durch die Marjory Quince jetzt verschwand. „Dahinter steckt irgendeine Andeutung. Ich wünschte, ich wüßte, um was es geht.“

***

Die Leute strömten aus der Staatsgalerie, als Carol draußen dem Fahrer ein Zeichen gab, Marlas Limousine vorzufahren, die mit diversen anderen rechterhand des Gebäudes parkte. Der Fahrer, ein Mann von der Bundeskriminalpolizei, lehnte rauchend am Wagen. Er winkte Carol zu, trat die Zigarette aus und stieg ein.

Sie wandte sich zur Tür, um Marla zu holen, als die Detonation sie gegen eine Portalsäule warf. Einen Moment lang war sie taub auf den Ohren, spürte nur die Hitzewelle, während Splitter niederregneten. Jemand packte ihren Arm. Dann rauschte es laut in ihren Ohren, und sie hörte, wie Joseph Marin rief: „Gott! War das mein Wagen?“

Carol antwortete nicht. Mit einem Blick auf den explodierten Wagen, aus dem orangefarbene Stichflammen schlugen, riß sie sich los und stürzte nach drinnen. Aufgerissenen Mundes stand Marla Strickland hinter dem Eingang. „Zurück. Rasch zurück!“

„Was ist passiert?“

„Sofort zurück!“ In Carols Seite brannte heftiger Schmerz, dennoch schleppte sie Marla vom Eingang fort. „Denise?“

„Hier bin ich. Ich habe den Notarzt gerufen.“

„Notarzt?“ fragte Carol. „Der Mann im Wagen braucht ihn nicht mehr, und weiß Gott wer sonst...“

5

Samstagmorgen. Carol stand am Fenster der Penthouse-Suite und blickte auf den Hafen, wo sich Wochenendsegler mit ihren Booten tummelten. Wann immer es möglich war, hielt sie sich die Samstage frei, um ihren Sohn David abzuholen. Voller Freude hörte sie geduldig zu, wenn er ihr die Ereignisse der Woche schilderte, und dann machten sie einen Plan fürs Wochenende. Diese Pläne hatten Sybil immer mit eingeschlossen. Der Schmerz über Sybils Abreise hatte ein klein wenig nachgelassen, aber bei Davids unvermeidlicher Frage, wann Sybil zurückkäme, würde die Wunde wiederaufreißen und das Bild von ihnen dreien in vergangenen glücklichen Zeiten heraufbeschwören und Carols Schmerz neu entfachen.

Sie seufzte, als das Telefon schier ewig zu klingeln schien. „Carol Ashton."

„Es wird aber auch Zeit, Carol. Seit Tagen versuche ich schon, dich zu erreichen. Hast du meine Nachricht nicht erhalten?"

„Madeline, tut mir leid, aber –"

„Ich weiß, du hattest mit Strickland alle Hände voll und dann die Explosion gestern abend. Ein echter Nachrichtenwert – sogar ich wurde in den Sender zitiert. Gibt's was Neues in bezug auf die Bombe? Du kannst mir vertrauen, daß ich deinen Namen nicht erwähne."

Carol verzog das Gesicht. Typisch Madeline Shipley, eine heiße Story zu wittern, um die Information in ihrem *Shipley Report* zu verbraten. Ihr Erfolg im erbarmungslosen Medienkampf beruhte zum Teil auf ihrer unermüdlichen Netzwerkarbeit, zum Teil aber auch darauf, daß sie ihre Quellen geheimzuhalten verstand, und sie hatte sogar schon eine Verurteilung wegen Mißachtung des Gerichts riskiert, als sie sich geweigert hatte, den Namen ihres in einen Finanzskandal verwickelten Informanten preiszugeben.

„Nun komm schon", drängte Madeline, „ich werde mich auch revanchieren..."

Müde lächelnd antwortete Carol: „Wer Gesetzeshüter zu schmieren versucht, macht sich strafbar, weißt du."

„Ich hab' dabei nicht an Geld gedacht", gurrte Madeline. „Sondern an etwas viel Interessanteres."

Carol sank in den nächsten Sessel und blickte auf den Hafen. Sie wünschte, sie könnte dort unten mit dem Boot in steifer Brise kreuzen und an nichts anderes denken als höchstens daran, kein anderes Boot zu rammen. „Dem Angebot ist nur schwer zu widerstehen", sagte sie locker, „aber du weißt, daß ich dir keine Informationen geben kann."

„Das Angebot steht – ob mit oder ohne Information."

Carol konnte Madeline in ihrem schicken Büro direkt vor sich sehen, wie sich ihr Mund zu einen bezaubernden Lächeln verzog. „Nein, trotzdem herzlichen Dank."

Die Abfuhr verletzte Madeline keineswegs. „Du wirst es dir noch überlegen. In der Zwischenzeit habe ich einige Informationen für *dich*."

„Hat es mit Marla Strickland zu tun?"

„Hmhm", bestätigte Madeline.

Carol fuhr hoch. „Was ist es?" Sie griff nach dem Notizblock, klemmte sich den Hörer ans Ohr und zog die

Kappe ihres goldenen Füllers ab. „Hier geht es inzwischen um Mord, also sag mir, was du weißt."

„Zuerst mußt du mir etwas versprechen, Carol. Daß du mir ein Exklusivinterview gibst, wenn es dir möglich ist. Einverstanden?"

„Einverstanden, aber ohne Garantie."

Ein Glucksen drang an ihr Ohr, und Madeline sagte amüsiert: „Hättest du als Kommissarin bei mir nicht so einen Stein im Brett, täte ich das gewiß nicht für dich. Aber es geht das Gerücht, daß irgendwer oder irgendwas namens Wellspring in die Kampagne gegen Stricklands Vortragsreise verwickelt sein soll."

Carol notierte den Namen. „Wellspring? In einem Wort?"

„Vermutlich. Dies ist nichts Konkretes, nur das, was ich munkeln hörte. Und es lohnt nicht, mich zu löchern, denn mehr kann ich dir nicht sagen."

„Ich hätte gern ein paar Namen."

Wie erwartet, schnaubte Madeline. „Keine Namen. Die würden dir ohnehin nichts nützen. Aber wenn du das nächstemal die Nachricht erhältst, mich anzurufen, dann rufst du *sofort* zurück, ja? Vielleicht weiß ich dann mehr..."

Kopfschüttelnd legte Carol den Hörer auf. Madeline war unverbesserlich. Dann starrte sie grübelnd auf den Namen auf ihrem Block. Madeline war sehr verläßlich – sie würde nur weitergeben, was sie für wesentlich hielt.

„Was hat der Arzt gesagt?"

Carol sah hoch, als Sid Safer von der verklemmten Pam Boyle hereingelassen wurde, die fast auf seine Größe zusammensank, obwohl sie ihn eigentlich überragte. „In bezug auf mich?" fragte Carol.

Sid grinste. „Natürlich. Schließlich haben Sie die Druckwelle abgekriegt. Strickland war ja noch in der Galerie, und außerdem ist sie ein viel zu zäher Brocken, als daß sie in Hysterie verfiele."

Carol dachte an Marla, kalkweiß war sie gewesen, und es hatte ihr völlig die Sprache verschlagen. „So ein zäher Brocken nun auch wieder nicht. Sie mußte ein Schlafmittel nehmen. Und was mich betrifft, ich habe ein paar blaue Flecken, und der Arm ist etwas angesengt."

Sid sah zu Pam, die am Türrahmen lehnte. „Könnte ich wohl etwas Kaffee bekommen? Mit Milch und drei Löffeln Zucker."

Heute hatte Pam Boyle ihre widerspenstige braune Haarmähne in einem buschigen Pferdeschwanz gebändigt. Sie zupfte daran und starrte ihn an. Es sah ganz danach aus, als würde sie derart niedere Dienste verweigern, doch sie sagte: „Es dauert einen Moment", und verschwand.

Grinsend zog Sid die Bügelfalten seiner Hose hoch und setzte sich aufs Sofa neben Carols Sessel. „Wo ist Strickland?"

„Marla und Bev Diaz gehen ihre Rede für den nächsten Auftritt durch. Die Vorhänge sind geschlossen, und ich habe gebeten, sich von den Fenstern fernzuhalten."

„Wir überprüfen die umliegenden Bürogebäude, aber bei der Lage dieser Suite ist es fast unmöglich, daß ein Scharfschütze etwas ausrichten könnte."

Carol lehnte sich zurück und rieb sich die Stirn. Seit der Bombenexpolsion hatte sie bohrende Kopfschmerzen, auch wenn der Arzt an einer Gehirnerschütterung zweifelte. „Hatten Sie je mit Marjory Quince zu tun?"

Er sah sie verblüfft an. „Ihre ehrenwerte Ministerin? Eigentlich nicht. Warum?"

„Nach Marlas Rede in der Staatsgalerie kam sie zu mir, um zu sagen, daß kein geringerer als der Premierminister fürchte, selbst ein Attentat, das mißlinge, könne unselige poltische Folgen haben. Ein paar Minuten später passierte es dann..."

„Da hat Quince eben Glück gehabt. Vielleicht ist sie

Hellseherin." Es war klar, daß Sid dieser Sache keine Bedeutung beimaß. Er wies auf die Tür. „Nun wird Strickland vermutlich verstärkte Sicherheit fordern."

„Im Gegenteil, sie sagt, sie sei ganz zufrieden, trotz des Mordanschlags..."

„Falls er überhaupt ihr gegolten hat."

„Was heißt das?"

Er beugte sich vor, die Ellbogen auf die Knie gestützt. „Sie bekommen noch einen ausführlichen Bericht, aber ich kann Sie vorab informieren. Wenn die Limousine nicht gebraucht wird, steht sie auf einem abgeschirmten Gelände und wird jeden Tag genauestens überprüft, innen wie außen, inklusive Unterboden. So auch, ehe Sie vom Hotel abgeholt wurden, um zur Staatsgalerie zu fahren. Da war keine Bombe."

„Könnte der Fahrer sie bei sich gehabt haben?"

„Sie meinen Selbstmord oder Unfall? Ken West war seit dreizehn Jahren bei der Bundeskriminalpolizei. Ich kannte ihn gut und hätte ihm mein Leben anvertraut. Ken war nicht käuflich und überaus vorsichtig. Außerdem hat die Spurensicherung ergeben, daß die Bombe nicht auf dem Fahrersitz detonierte. Sie war am linken Hinterrad unter dem Kotflügel angebracht." Nun erläuterte er die technischen Details der Plastikbombe und den verwendeten Zündmechanismus. „... was darauf schließen läßt, daß jemand die Gelegenheit hatte, die Bombe zu installieren, während das Fahrzeug mit den anderen Wagen vor der Galerie parkte."

„Einer der Fahrer?"

Er lächelte kalt. „Sehr gut, Carol. Es war noch ein Wagen da und ein Fahrer, für den wir uns nicht verbürgen. Leider haben wir nur eine vage Beschreibung – der Mann war so unscheinbar, daß er niemandem besonders auffiel. Im Wirrwarr nach der Explosion hat er sich mit seinem

Auto davongemacht.“ Er hielt inne, als Pam Boyle mit seinem Kaffee hereinkam, den sie auf den niedrigen Glastisch knallte, so daß das Gebräu auf die Untertasse schwappte. „Zucker haben wir nicht. Nur Süßstoff. Das muß Ihnen reichen.“

„Vielen Dank für Ihre Mühe.“

Das klang aufrichtig, und sie reckte ihre Hängeschultern. „Keine Ursache.“

Carol wartete, bis sie das Zimmer verlassen hatte. „Sie sagten vorhin, daß es vielleicht gar kein Anschlag auf Marla war.“

„Es handelte sich mit an Sicherheit grenzender Wahrscheinlichkeit um eine Bombe mit Fernzündung. Doch als sie detonierte, war Strickland gar nicht in der Nähe des Wagens. Deshalb glaube ich nicht, daß sie bei dem Anschlag umkommen sollte.“

„Ich wünschte, Sie würden mich Marla nennen!“ Mit der düsteren Bev auf den Fersen kam sie herein. „Und was meinen Sie damit, daß die Bombe gar nichts mit mir zu tun hat? Auf wen sonst sollte man es abgesehen haben?“

Ihr Zorn amüsierte Sid. „Beruhigen Sie sich. Ich habe gar nicht gesagt, daß die Bombe nichts mit Ihnen zu tun hatte. Ich habe gesagt, daß Sie bei dem Anschlag nicht umkommen sollten.“ Er wurde ernst. „Die Tatsache, daß zwei meiner Männer getötet und zwei Passanten schwer verletzt wurden, ist zweifellos eher zufällig.“

Bev Diaz starrte ihn finster an. „Was sollte die Bombe dann bezwecken?“

„Eine Warnung, ein Statement, irgend etwas, das Sie von der Vortragsreise abbringen soll.“

„Vielleicht“, sinnierte Carol, „ist es Erster Akt, Zweite Szene.“

Marla runzelte fragend die Stirn. „Zweite Szene?“

„Erste Szene war die Briefbombe“, erklärte Carol.

***

WELLSPRING: Substanstiv. 1. Quelle eines Gewässers, Stromes. 2. originäre oder Hauptquelle von etwas. 3. Quelle, die stetig fließt (Informationsquelle).

Carol saß allein im Wohnzimmer ihres Hauses. Die Sonne schien in die Fenster. Sinker hatte sich schnurrend auf ihrem Schoß zusammengerollt. Der Wind peitschte die Folie auf dem Holzboden der Terrasse und ließ sie knattern. Der Himmel über den Eukalyptusbäumen war weißblau, Wolkenfetzen jagten darüber hin. Sie seufzte und streckte sich behutsam, ihre Kopfschmerzen waren endlich verschwunden. Sie hatte Marla für diesen Nachmittag in Annes und Safers Obhut gelassen und war nach Hause geeilt, in die Heilsamkeit der eigenen vier Wände.

Der Couchtisch war mit Papieren übersät, daneben stand ein schweres professionelles Tonbandgerät. Weder ASIO noch dem Bundeskriminalamt hatte der Name Wellspring irgend etwas gesagt, und auch die Nachforschungen in den USA hatten nichts erbracht. Weder eine politische noch religiöse oder terroristische Organisation war unter diesem Namen bekannt, und auch als Codewort im Zusammenhang mit Bombenattentaten war es bisher nicht aufgetaucht.

Sinker maunzte, als sie sich vorbeugte und die Abspieltaste am Gerät einschaltete. Diverse Anrufe waren in der Hörerstunde am Freitagnachmittag bei den Rundfunkanstalten eingegangen, die Leute hatten alle erklärt, zu Wellspring zu gehören. Sie schloß die Augen, als die Aufzeichnung der Anrufe begann, und konzentrierte sich darauf, sich die stimmlichen Charakteristika einzuprägen. Die Tonbänder der Sender waren bereits durch die Hände der Spezialisten von der Spurensicherung gegangen und so zusammengeschnitten worden, daß jeder Anruf unverzüglich begann. Jedesmal war die obligatorische Zehn-Sekunden-Übertragungsverzögerung aktiviert worden, sobald der Moderatorin oder dem Moderator klarwurde, was vor sich ging, so daß nicht der ganze Anruf gesendet wurde.

Der erste Anrufer war ein Mann mit tiefer, kultivierter Stimme: *„Ich habe das Privileg, Sie im Namen Wellsprings anzurufen...“*

Der Moderator unterbrach ihn locker-flockig: *„Und wie ist Ihre Meinung zum Thema dieser Sendung? Ist der Feminismus ein notwendiges Übel?“*

„Marla Strickland vergiftet unsere Gesellschaft mit ihren Reden. Sie sind eine Seuche. Wellspring wird dieses Übel ausrotten, indem er diese abscheuliche Frau zum Schweigen bringt. Sie hat ihr Lebensrecht verwirkt.“

Der zweite Anruf erfolgte von einer Frau mit leiser, eindringlicher Stimme: *„Ich spreche für Wellspring –“*

„Bedaure, aber es ist nicht gestattet, daß politische Gruppierungen die Sendung für ihre Publicity benutzen – diese Sendung ist für die allgemeine Öffentlichkeit –“

„Wellspring spricht für die allgemeine Öffentlichkeit. Wir sind gezwungen, die Menschen mit Feuer und Schwert aufzurütteln. Dieses Greuel mit Namen Marla Strickland muß vom Erdboden verschwinden, damit –“ Hier hatte die Moderatorin die Anruferin mitten im Satz abgeschaltet.

Der dritte Anrufer war noch direkter: *„Wellspring wird die Strickland heute nacht aus dem Weg räumen.“*

Während sich das Band zurückspulte, überflog Carol die kurzen Berichte des Stimmenanalytikers, des Linguisten und des eigenen Spezialisten aus ihrem Kriminalamt. Die Muttersprache der Anruferin wie der beiden Anrufer war einwandfrei Englisch. Der erste Mann war mit ziemlicher Sicherheit ein Brite oder in Großbritannien ausgebildet, der andere Mann und die Frau waren aus Australien, obwohl der Linguist in der Stimme des zweiten Mannes die Spur eines Akzentes feststellte, eventuell amerikanisch. Stimmenvergleiche konnten freilich nicht gemacht werden, denn Tatverdächtige gab es ja nicht.

„Ich habe dich gar nicht zu Hause erwartet!" Tante Sarah kam mit Einkaufstüten beladen hereingerauscht. „War einkaufen", erklärte sie unnötigerweise, indem sie die Tüten auf dem Sofa ablud. „Sydney ist ein Paradies verglichen mit Leuna..." Sie blickte Carol über die Schulter. „Hast du in London angerufen?"

„Sybil war nicht da. Ich habe ausrichten lassen, daß sie zurückruft."

„Was wirst du ihr sagen?"

Carol lächelte ironisch. „Wie wär's mit: Komm heim. Alles ist vergeben und vergessen?"

Tante Sarah tippte ihr auf die Schulter. „Du mußt gründlich nachdenken. Du kannst sie nicht einfach ignorieren und hoffen, daß sich das Problem von selbst erledigt. Das hast du schon viel zu oft getan, Carol."

„Du klingst ja wie die Traumatherapeutin, die ich nach der Schießerei aufsuchen mußte." Sie sah das freundliche, aufmerksame Therapeutinnengesicht sofort wieder vor sich. „Ich bin nur hingegangen, weil es offizielle Dienstvorschrift ist."

„Du brauchst dich doch nicht zu rechtfertigen. Hin und wieder ein bißchen Beratung tut allen Menschen gut."

„Wer dich um sich hat, braucht keinen Therapeuten." Carol schlang liebevoll den Arm um sie.

Das Telefon läutete. Sinker beschwerte sich aufgebracht, als sie ihn vom Schoß hob.

Sybils Stimme klang so nah, als wäre sie in Sydney und nicht einen halben Erdball entfernt. „Hallo, ich bin gerade nach Hause gekommen."

Carol schloß die Augen. Es verschlug ihr vor Sehnsucht

die Stimme. Sie sah Sybil vor sich, ihr rotes Haar und ihre Züge, wenn das Licht darauffällt. „Ich vermisse dich."

„Ich dich auch."

„Warum hast du dann nicht angerufen? Briefe mit der Beschreibung touristischer Attraktionen in London sind nicht genug."

„Carol, ich muß sehen, wie ich hier klarkomme – so auf mich gestellt. Ich werde sonst schwach, wenn ich zu oft mit dir spreche."

„Dann werd' eben schwach."

Sybil lachte bedauernd. „Das ist ja mein Fehler gewesen. Ich war dir gegenüber zu nachgiebig und schlimmer noch – auch mir gegenüber."

„Aber das stimmt doch gar nicht", widersprach Carol, obwohl ihr dämmerte, wie sehr Sybil damit recht hatte.

„Natürlich stimmt es." Und als Carol schwieg, erkundigte sie sich: „Wie geht es David? Und Tante Sarah?"

„David verbringt die Ferien mit seinem Vater und Eleanor auf Bali." Carol blickte zum schwarzen Brett in der Küche, an dem die Postkarte vom Sonnenuntergang auf Bali steckte. „Er hat mir eine Karte geschickt, und du wirst auch eine bekommen – er hat sich deine Adresse aufgeschrieben."

„Wenn du ihn siehst, grüß ihn ganz lieb von mir und sag, daß ich ihm schreibe,"

„Sybil, ich..." Carol fand nicht die richtigen Worte.

„Kümmert sich Tante Sarah um dich?" fragte Sybil betont munter.

„Sie verwöhnt mich, wie üblich. Und sie läßt dich sehr herzlich grüßen."

„Ich sie auch." Sybil stockte, dann sagte sie: „Ich habe mir Sorgen um dich gemacht. Das Attentat auf Marla Strickland war die große Schlagzeile hier in London."

Carol entgegenete in aufgesetzt flapsigem Ton: „So wie

ich mich heute fühle, könnte ich glatt morgen den Griffel hinlegen und nächste Woche bei dir in London sein..."

Schweigen. Dann: „Das würde nicht funktionieren, Carol."

„Danke für die zartfühlende Abfuhr."

„Ach, Schatz..." Sybil klang verzweifelt. „Was würdest du hier in London *tun*, nachdem du eine Weile Touristin warst? Ich verbringe die meiste Zeit an der Uni und mit meiner Feldforschung."

Carol fühlte sich erschöpft und niedergeschlagen. „Im Grunde möchtest du mich gar nicht dort haben, stimmt's? Selbst wenn ich meinen Job aufgebe, nicht wahr?"

„Nein. Und das tätest du auch nicht, denn es entspricht nicht deiner Persönlichkeit, das Handtuch zu werfen und abzuhauen."

„Ist das eine Charakteranalyse?" fragte Carol mit zynischem Lachen. Dann änderte sie ihren Ton. „Sybil, was wird aus uns werden?"

„Ich weiß es nicht. Wenn wir je wieder zusammenkommen, muß es für uns beide etwas anderes sein. In der Zwischenzeit gibt es für uns beide keine Bindungen, okay?"

„Keine Bindungen?"

Sybil lachte weich. „Du weißt genau, was ich meine, Carol. Keine Bindungen. Du bist frei – und ich auch."

Sie fand Tante Sarah in ihrem Zimmer beim Auspacken ihrer Schätze vom Einkaufstrip. „Wie geht es Sybil?"

„Es geht ihr gut. Sie läßt dich lieb grüßen. Sie sagt, ich bin frei..." Und mit einem Mal verspürte Carol eine merkwürdige Heiterkeit.

Tante Sarah blickte hoch. „Das war weise von ihr." Sie widmete sich wieder ihren Tüten. „Ich habe dir etwas mitgebracht, meine Liebe. Deine Sachen sind einfach zu nüchtern. Du mußt dich etwas aufpolieren."

Carol versuchte eine dankbare Miene. Das letztemal, als ihre Tante beschlossen hatte, Carols Garderobe aufzupeppen, mußte sie anschließend die Heilsarmee mit einer Ladung unmöglich bunter Kleidung beglücken. „Momentan wäre ich lieber unsichtbar."

Tante Sarahs Begeisterung schwand. „Wahrscheinlich hast du recht", sagte sie. „Das letzte, was du dir wünschen könntest, ist, Zielscheibe zu sein..."

6

Früh am Sonntagmorgen, als Carol die Tür zu Marla Stricklands Penthouse-Suite öffnete, lief ihr eine aufgekratzte Pam Boyle mit einem Stoß Zeitungen im Arm über den Weg. Pam hatte vergessen, einzuknicken und Schultern und Kopf hängen zu lassen, sie sah Carol sogar direkt ins Gesicht.

„Eine solche Publicity läßt sich nicht *kaufen!*"

Sie packte den Stapel auf den Tisch und fuhr sich mit den Fingern durch die Haare, um sie zu bändigen. „Wo ist Marla? Das wird sie sehen wollen."

„Sie frühstückt im Wintergarten."

Carol überflog die Schlagzeilen. Die Spannbreite reichte von MARLA SCHLÄGT DER BOMBE EIN SCHNIPPCHEN! bis zur Ente: FEMINISTISCHE BOMBENDROHUNG!

„Dieses Wochenende sind wir konkurrenzlos und damit überall auf der Titelseite", freute sich Pam.

Fasziniert betrachtete Carol die Wandlung dieser Frau. Als sie zu voller Größe aufgerichtet dastand, überragte sie Carol um Haupteslänge, und ihre ungewohnte Haltung deutete unter dem bevorzugten Schlabberlook eine gutgebaute Figur an. Plötzlich schien Pam zu merken, daß sie aus dem Häuschen geraten war, und zog sofort die Schultern ein, während sie die Zeitungen zusammenraffte. „Ich bringe sie ihr."

Das Telefon klingelte dezent. Carol griff zum Hörer. „Wer? Ja, gut..."

Es klickte, und Madelines selbstsichere Stimme erklang: „Carol? Wie du weißt, ist dein Schützling morgen abend in meinem Programm. Wie wär's, wenn wir uns vorher zusammensetzen, um die Sicherheitsmaßnahmen im Studio zu besprechen?"

Sie mußte lachen. „Gibst du denn nie auf, Madeline?"

„Das hast du mich schon mal gefragt, deshalb solltest du's wissen: Nein. Und nach der Bombe am Freitagabend scheint die Lage doch wohl kritischer zu sein, da es sich nicht um bloße Drohungen handelt, oder?"

„Ja, das stimmt. Deshalb möchte ich, daß Marlas Auftritt in deiner Sendung aufgezeichnet wird. Sie wird dem nicht zustimmen – sie will einen Live-Auftritt –, trotzdem dachte ich, du könntest versuchen, sie umzustimmen."

„Ich muß zugeben, daß mir eine Live-Sendung lieber ist, aber ich würde sie im Lauf des morgigen Tags aufzeichnen, wenn du sie dazu überredest." Ihr warmer Ton wurde eindringlicher. „Ich möchte dich wirklich sehen."

Carol dachte an das Gespräch mit Sybil. „Morgen hätte ich etwas Zeit. Vielleicht könnten wir uns treffen."

„Irgendwie wußte ich, daß du das sagen würdest..."

Carol blickte gedankenverloren aus dem Fenster auf die winzigen Menschen tief unten auf der Straße, als das Telefon erneut klingelte. „Ja... Schicken Sie ihn herauf."

Wenige Minuten später klopfte es forsch an die Tür. „Huntling Security." Er reichte ihr seine Karte. „Ich bin Keil Huntling. Meine Schwester und ich führen das Unternehmen." Er lächelte breit und selbstbewußt. Er hatte eine dröhnende tiefe Stimme. „Wir arbeiten seit über zehn Jahren auf diesem Gebiet, und Sie wissen sicher, daß wir sowohl von ASIO als auch vom Bundeskriminalamt überprüft worden sind."

Carol wunderte sich im stillen, warum er sich derart ins Zeug legte, den Leumund seiner Firma hervorzustreichen, er mußte doch wissen, daß ihr das alles längst bekannt war. Sie lächelte freundlich, nickte zustimmend und wartete ab, welche Register er wohl noch zöge.

Er blickte sich im Salon der Suite um. Das Mobiliar war schlicht luxuriös, und der Blick aus den bis zum Boden reichenden Fernstern einfach atemberaubend, das ganze Ambiente wirkte untertrieben exquisit. „Sehr schön." Sein hellgrauer Anzug war makellos, auch das weiße Hemd, die dunkelrote Krawatte der einzige Farbtupfer. Er sah genauso aus wie auf dem Bild in der Akte über Huntling Security, und Carol vervollständigte es automatisch in Gedanken: durchschnittliche Größe, breite Schultern, muskulöse Statur, sehr kurz geschnittenes braunes Haar, Stummelfinger, unberingt. Er räusperte sich. „Ist Ms. Strickland zu sprechen?"

„Ich fürchte nein." Daß Marla sich gerade in der eingelassenen Marmorwanne aalte, mit anschließender Massage, Maniküre und Gesichtspflege, ging ihn schließlich nichts an. Gestern, als Carol im Gehen war, hatte Anne trocken bemerkt, was die politisch korrekten Feministinnen wohl zu einem solchen Egotrip sagen würden.

Er deutete auf seine schmale, dunkelbraune Ledermappe unter dem Arm. „Wir müßten nämlich noch ein paar Sicherheitsfragen durchsprechen." Er lächelte Carol kumpelhaft an, doch die verzog keine Miene. „Natürlich sind Sicherheitsdinge eigentlich Ihre Domäne, Kommissarin, aber Ms. Strickland hat, wie Sie wissen, uns engagiert, und wir möchten sie gern zufriedenstellen." Er sah sich um. „Könnten wir uns vielleicht setzen?"

Carol deutete auf die Sitzgarnitur am Fenster. Er knöpfte sein Jackett auf, ehe er Platz nahm. Seine Stummelfinger öffneten den Reißverschluß seiner Mappe. „Sicher wird es nach dem Vorfall bei der Staatsgalerie einige Änderungen und Streichungen im Programm geben..."

„Es gibt keine Programmänderung."

„Nein?" fragte Keil Huntling verblüfft. „Aber all diese Schlagzeilen... Die lotsen doch jeden Irren hinterm Ofen hervor."

Carol nickte zustimmend und dachte daran, mit welcher Sturheit Marla den Vorschlag abgelehnt hatte, sich auf gewisse Auftritte in den Medien zu beschränken. Sie hatte sich schließlich bereit erklärt, dieses Wochenende alles abzusagen, doch ansonsten änderte sich an ihren Auftritten nichts.

Huntling raffte seine Papiere, die er aus der Mappe gezogen hatte. „Wir überprüfen natürlich den gesamten Post- und Paketeingang des Hotels, der seit dem Anschlag erheblich zugenommen hat..."

Durch sein Gespreize irritiert, fiel ihm Carol ins Wort: „Aber Briefbomben gab es keine."

„Drohungen. Jede Menge Drohungen, Kommissarin."

Carol hatte sich den täglichen Berg an Post sehr wohl angesehen. „Und auch jede Menge Fanpost."

„Unter diesen Umständen schlage ich vor, die Sicherheitskräfte zu verstärken und Alarmstufe rot auszulösen." Er lehnte sich zurück und erwartete ganz offensichtlich ihre Zustimmung für sein Vorhaben.

„Alarmstufe rot, Mr. Huntling?" unterbrach eine kalte Stimme. Bev Diaz war auf dem weichen Teppich geräuschlos nähergetreten. „Gehe ich recht in der Annahme, daß sich damit Ihr Preis erhöhen dürfte?" Angewidert verzog sich ihr Gesicht.

Er erhob sich und spreizte die Hände. „Wir würden natürlich zusätzliche Mitarbeiter einsetzen, aber was für eine Rolle spielen schon Kosten, wenn Sie dafür totale Sicherheit geboten bekommen?"

„Kosten spielen sehr wohl eine Rolle, und außerdem gibt es die totale Sicherheit nicht." Bev Diaz lächelte ungemütlich. „Und wenn Sie das nicht wissen, sind Sie im falschen Geschäft."

Ihre Schroffheit nahm ihm den Wind aus den Segeln, Carol rettete ihn aus seiner Verlegenheit. „Mr. Huntling hat Sicherheitsdetails erarbeitet, die er Marla vorlegen wollte."

Bev Diaz streckte die Hand aus. „Ich werde dafür sorgen, daß sie die Unterlagen bekommt."

Widerstrebend händigte er ihr die Papiere aus. „Ich würde Ms. Strickland gern persönlich sprechen."

„Sie pokern ganz schön hoch." Bev starrte ihn feindselig an. „Der einzige Grund, weshalb Marla Ihre Firma überhaupt engagiert hat, ist, daß sie von einer Frau geführt wird. Ich empfehle Ihnen also, Ihre *Schwester* zu schicken, sollte ein persönlicher Kontakt vonnöten sein."

„Pam Boyle hat sich direkt mit Cynthia in Verbindung gesetzt."

„Ich bin Ms. Stricklands persönliche Assistentin. Ich würde Ihnen raten, daß Ihre Schwester *mich* kontaktiert, wenn es ein Problem gibt."

„Es gibt kein Problem", versicherte er hastig. „Alles ist unter Kontrolle."

„Dann sehe ich nicht, wieso dieser Besuch nötig war."

Als sich die Tür hinter ihm geschlossen hatte, drehte sie sich zu Carol um. „Meinen Sie, ich habe ihn zu sehr brüskiert?" fragte sie herausfordernd.

Carol grinste. „*Er* ist gewiß dieser Meinung."

Bevs Gesicht wurde ein wenig freundlicher. „Ich verlasse mich lieber auf professionelle Leute wie Sie."

„Ist das etwa ein Kompliment?"

Der ironische Unterton in Carol Stimme irritierte Bev offenbar nicht. „Sie tun Ihren Job", sagte sie und fügte unvermittelt hinzu: „Ich mag Anne Newsome."

„Warum mögen Sie sie?“ fragte Carol verblüfft.

Bev zuckte die Achseln. „Sie steht mit beiden Füßen auf dem Boden. Sie redet nicht viel.“ Sie machte eine Pause. „Ich vertraue ihr eben.“ Und als Carol nichts dazu sagte, fuhr sie mit einem Lächeln des Bedauerns fort: „Und offen gesagt, ich vertraue nicht vielen.“

Ich auch nicht. Carol spürte, wie ein Funken Sympathie zwischen ihnen aufflackerte. Es war das erstemal, daß Bev irgend etwas von sich preisgegeben hatte.

„Möchten Sie einen Kaffee? Ich hole mir einen.“

Zögernd antwortete Bev: „Sicher. Warum nicht?“

***

Am Nachmittag hatte Carol eine Lagebesprechung in der Suite anberaumt, um die neuesten Informationen über das Attentat vor der Staatsgalerie zu besprechen. Pam Boyle bugsierte ein beladenes Tablett auf den Couchtisch. „Ich habe Ihnen eine Schale mit Gebäck dazugestellt“, sagte sie in einem Ton, als sei sie über den eigenen Schatten gesprungen. Sie zog sich zurück, als alle sich Kaffee einschenkten, verließ aber nicht das Zimmer, sondern setzte sich in einen Sessel bei der Bar. Als Carol sie anstarrte, griff sie sich eine Zeitschrift und lernte sie offenbar auswenig.

Denise tippte Carol aufs Knie. „Sie spioniert uns aus“, flüsterte sie und nickte in Pams Richtung.

„Wie ich schon sagte...“ Sid Safer ergriff das Wort. „Unser ehrenwerter Kulturminister hat mir erklärt, er sei überzeugt, daß der Bombenanschlag ihm gegolten habe. Er will bis ins Detail wissen, was wir tun, um den verrückten Terroristen zu schnappen, der ihm nach dem Leben trachtet.“

„Wer würde sich schon die Mühe machen, Joseph

Marin umzubringen“, erklärte Denise verärgert. „Außer daß es ihm an Verstand gebricht und an der Eignung für so ein Ministeramt, ist er harmlos.“

Sid lehnte sich zurück, lockerte seine Krawatte und knöpfte sich den obersten Hemdknopf auf. „Stimmt zwar, daß er von Kultur keine blasse Ahnung hat, aber er ist helle genug, die richtigen Karten auszuspielen, um Minister zu werden.“

„Er reist auf dem Ticket der Betergruppe“, sagte Denise verächtlich. „Gott stand ihm zur Seite.“

Carol, die auf den weiten grauen Bügel der Sydney Harbour Bridge gestarrt hatte, horchte auf. „Welche Betergruppe?“

Carol wuße, daß die Lagebesprechung während der ganzen Vortragsreise zur täglichen Routine werden würde, sie würden Sicherheitsmaßnahmen durchsprechen und Einsatzpläne entwickeln, wie sie in künftigen Gefahrensituationen vorgehen könnten. Wie es schien, hatten Denise und Sid das alte Kriegsbeil begraben und die traditionelle Stichelei zwischen Gesetzeshütern und Geheimdienst überwunden. Sie warfen sich seit Beginn der Sitzung locker die Bälle zu.

Denise mokierte sich mit betend erhobenen Händen. „Vertraut auf den Allmächtigen, der über Australien wacht, denn vor jeder Sitzung des Parlaments in Canberra gibt es frühmorgens die Betstunde. Es gehören nur wenige Kabinettsmitglieder zu dieser Gruppe, dafür aber um so mehr Hinterbänkler, die sich für ihr Land auf die Knie werfen. Von daher rührt Joseph Marins Einfluß – dieser Frömmler.“

Carol beugte sich vor. „Fundamentalistische Christen?“

„Nein. Jedweden Glaubens. Man braucht nur zu sagen, daß man an irgendein Höheres Wesen glaubt.“ Denise grinste. „Ich habe das gleiche gedacht, Carol, schließlich hassen die Ultrarechten Marla besonders, doch diese

Sippschaft ist ziemlich ineffektiv. Vor etlichen Monaten, als Marin zu lamentieren begann, er stünde auf der Abschußliste der Terroristen, haben wir alles und jeden überprüft und nochmals überprüft. Diese Betergruppe ist genau das und nicht mehr."

Sid löffelte die Zuckerschlieren aus seiner Tasse und griff erneut nach der Kaffeekanne. „Gibt es nicht beim Landtag so etwas Ähnliches? Wenn ich mich recht erinnere, habe ich eine Kolumne gelesen, die sich darüber mokiert..."

Anne, die die ganze Zeit mit aufgeklapptem Notizbuch dagesessen hatte, warf ein: „Allerdings. Es ist genau wie im Parlament – bloß eine Anzahl von Politikern beider Couleur, die sich zur Betstunde versammeln."

„Wissen Sie, ob Marjory Quince dazugehört?" erkundigte sich Carol.

„Glaube ich nicht", antwortete Denise. „Sie macht mir nicht den Eindruck, als sähe sie einen politischen Vorteil in einer solchen Zugehörigkeit – und das ist das Einzige, was sie motivieren könnte, sich einer derartigen Labergruppe anzuschließen."

„Nun zu den wichtigeren Dingen", erklärte Sid und schlug seine braune Mappe auf. „Es besteht die Möglichkeit, daß Wellspring brieflich mit uns in Kontakt getreten ist." Er verteilte Kopien des Briefes. „Gestern in Redfern aufgegeben und bemerkenswert pünktlich heute morgen eingetroffen."

Carol überflog das einzelne Blatt.

Wir sind Wellspring. Wir sind das reine unbefleckte Wort. Wir sind die vollkommene Tugend und Reinheit. Wir sind die Selbstlosigkeit und Keuschheit. Wir sind die Ehrbarkeit und die Moral. Wir sind das Gewissen der Gesellschaft.

Das Fleisch ist schwach. Habgier, Wollust und Hedonismus vergiften die Welt. Die geile Fleischeslust.

Die Frau, Marla Strickland, führt die Unschuldigen ins Verderben. Sie propagiert die Unzucht der Verderbten. Aus dem Sumpf ihrer Entartung versucht sie, jegliche Ordnung und natürliche Moral zu zerstören.

Wellspring hat die Pflicht, diese Frau und ihresgleichen zu zerstören, auf daß wir alle in den Zustand der Reinheit zurückkehren können.

„Auffallend ist die ungesunde Dosis an Selbstgerechtigkeit", sagte Denise.

Sid wedelte mit dem Blatt. „Keine Fingerabdrücke. Normale Papierstärke. Auf dem Computer getippt und über Tintenstrahldrucker ausgedruckt. Kein Speichel auf dem Umschlag – er ist selbstklebend, wie auch die Briefmarke."

„Läßt er sich geheimhalten?"

Marla, mit dem mürrisch dreinblickenden Gary Hawkins im Schlepptau, betrat in diesem Moment das Zimmer und schnappte Denises Frage auf. „Läßt sich was geheimhalten?"

Sid reichte ihr eine Kopie. „Es scheint sich um dieselbe Gruppe zu handeln, die beim Rundfunk angerufen hat."

Hawkins blickte ihr über die Schulter, während Marla das Blatt überflog. „Das übliche Zeug", bemerkte er mit Genugtuung.

„Ein Auto zu bombardieren, ist etwas mehr als das Übliche", sagte Sid.

Hawkins zeigte sich unberührt. „Jeder Idiot wird dafür verantwortlich zeichnen. Mir ist schleierhaft, woher Sie die Sicherheit nehmen, daß diese Wellspring-Gruppe irgendwas damit zu tun hat."

„Im Moment ist sie unsere heißeste Spur." Sid wandte

sich an Marla. „Wenn sie es war, die die Autobombe gezündet hat, ist sie äußerst gefährlich.“

Sie spitzte die Lippen. „Ich möchte diesen Brief öffentlich machen.“

„Er ist nicht gerade schmeichelhaft“, bemerkte Anne.

„Er ist Publicity. Nur so kann man solche Feiglinge bekämpfen – indem man sie voll ins öffentliche Rampenlicht bringt. Morgen abend bin ich im *Shipley Report*. Dort werde ich den Text ungekürzt veröffentlichen.“

Sid lehnte sich bewundernd zurück. „Kerl, Sie haben Nerven!“

Angewidert sah sie ihn an. „Wenn Sie von Sicherheitsdingen genauso viel verstehen wie von Anatomie, sitzen wir gewaltig in der Patsche.“

7

Noch ehe Carol klingeln konnte, öffnete Madeline am nächsten Morgen die Tür. Sie war nicht geschminkt und trug ein loses T-Shirt mit dem Logo ihres Fernsehsenders über einer verwaschenen blauen Jeans. Es war der absolute Gegensatz zu der gewohnten eleganten Aufmachung Madelines, so daß Carol sie anerkennend anstarrte. Dieses verführerische Lächeln, das volle kupferfarbene Haar und die dunkelgrauen Augen waren fünf Tage in der Woche im *Shipley Report* auf der Mattscheibe zu sehen, außerdem war ihr Bild so oft in der Werbung, daß Carol durch die Gewöhnung vergessen hatte, was für eine schöne Frau Madeline in Wirklichkeit war.

„Ich habe auf dich gewartet, Carol", sagte Madeline sachlich ohne diese frotzelnde Koketterie, die ihre Unterhaltungen meistens charakterisierte. „Ich..." Sie machte eine ungeduldige Geste. „Komm rein."

Während sie ihr durch den Flur folgte, dachte Carol an ihre letzte Begegnung in diesem Haus. Da hatte Madeline die Situation in der Hand gehabt und sie verführt – und Carol hatte sich nur zu bereitwillig darauf eingelassen. Sie war sich bis heute nicht klar, was sich wohl weiter entwikkelt hätte, denn dann war Sybil zu ihr zurückgekehrt, und Madeline hatte sich taktvoll auf die alte stichelnde freundschaftliche Beziehung zurückgezogen.

Als sie ins Wohnzimmer traten, dessen eine Wand ganz aus Glas war und auf den Garten hinausging, erkundigte sich Carol beiläufig: „Hast du etwas von Paul gehört?“

„Er ist endgültig gegangen. Unsere Ehe war eine Scheinehe, das weißt du ja. Ich habe ihn seit über einem Jahr nicht mehr gesprochen.“ Sie dirigierte Carol zu einem Sessel. „Setz dich, du schüchterst mich ein, wenn du so über mir stehst.“

Lachend tat Carol ihr den Gefallen. „Als ob dich irgendwas einschüchtern könnte.“

Madeline erwiderte das Lachen nicht. „Möchtest du Kaffee? Einen Drink? Sonst etwas?“ fragte sie mechanisch und schien erleichtert, als Carol den Kopf schüttelte. Madeline setzte sich nicht, sie sah Carol nachdenklich an. „Was ist mit Sybil?“

„Sie ist für ein Jahr in London“, antwortete Carol im Plauderton.

„Sie hat dich zum zweitenmal verlassen. Ist es diesmal für immer?“

„Ich weiß nicht.“

„Willst du, daß sie zurückkommt?“ Und als sie sah, daß Carol nicht darauf eingehen wollte, erklärte sie rasch: „Carol, bitte! Ich würde dich das nicht fragen, wenn es nicht wichtig wäre.“

Carol bemerkte ein unerwünschtes Kribbeln im Bauch. Sie wollte nicht, daß sich am freundschaftlichen Geflaxe irgend etwas veränderte. Dennoch erinnerte sie sich ungewollt und mit irritierender Intensität daran, wie Madeline sie berührt hatte. „Ich weiß wirklich nicht, was ich darauf sagen soll. Ich kann nur sagen, daß ich sie furchtbar vermisse.“

„Dies ist für mich wichtiger, als ich je gedacht hätte.“ Madeline verzog den Mund zu einem bedauernden Lächeln und spreizte die Hände. „Du hast es mir auf eine

Weise angetan, wie ich es nie erwartet hätte. Es ist nicht nur der Sex..." Sie zog eine Braue hoch. „Obwohl das eine Mal ziemlich sensationell war."

„Ich weiß nicht, was ich sagen soll."

„Natürlich weißt du's. Du willst es nur nicht sagen." Madeline stützte die Hände auf Carols Sessel und beugte sich über sie.

Carol sah hoch. Die verlockenden Lippen waren aufreizend nah. „Madeline, ich weiß nicht..."

Madeline lachte leise. „Du weißt nicht? Aber ich weiß, daß ich's will. Mein Verlangen reicht für uns beide."

Sie küßte sie mit solcher Leidenschaft, daß Carol nur mit Mühe dem Wunsch widerstand, sie an sich zu ziehen. Sie spürte, wie ihr Körper Madeline entgegenfieberte. Doch schon zog Madeline sich zurück.

Carol erwartete, daß sie sich nun, wie üblich, lächelnd mokierte, aber sie war ernst, nüchtern.

Sie starrten einander an, und Carol wurde bewußt, daß dies ein Wendepunkt war, der Moment, da alles möglich sein konnte. „Was willst du von mir?" fragte sie.

Madeline sah sie aufmerksam an. „Oh, nicht viel", sagte sie leise. „Ich möchte, daß du dich in mich verliebst, Carol. Das ist alles."

***

Der Eingang zum Sender war vollkommen abgeschirmt. Trotzdem fühlte sich Carol erleichtert, als Marla sicher im Studio war. Bev Diaz, die sie begleitete, empfand offenbar das gleiche. Ihre abweisende Miene entspannte sich etwas, und sie sagte zu Carol: „Gottseidank, hier sind wir erstmal in Sicherheit."

Carol nickte. Obgleich sie wußte, daß ihr Fahrzeug – ein unscheinbarer dunkler Wagen – wiederholt überprüft worden war, hatte sie die ganze Zeit das Bild der explodierenden Limousine vor der Staatsgalerie vor Augen.

Bev sah zu Madeline Shipley hinüber, die sich mit dem Aufnahmeleiter besprach. „Sie kennen sie?"

„Ja, sie ist eine Freundin von mir." *Mehr als eine Freundin?* „Madeline setzt sich sehr für Frauen im öffentlichen Leben ein, und da ihre Sendung höchst erfolgreich ist, haben Frauen hier die beste Gelegenheit, gehört zu werden." Carol lachte sarkastisch in sich hinein. *Ich klinge schon fast wie eine transparentschwingende Feministin.*

Bev verzog skeptisch die Lippen. „Wäre sie genauso erfolgreich, wenn sie durchschnittlich oder häßlich wäre?"

„Abgesehen von ihrem Aussehen ist sie intelligent und talentiert."

„Das reicht für eine Frau im Fernsehen, stimmt's?" Bevs dunkle Augen starrten sie herausfordernd an.

„Natürlich hilft es, gut auszusehen", gab Carol zu. Irritiert fragte sie sich, wieso sie das Bedürfnis hatte, diese Erklärung zu rechtfertigen, und sagte kurz angebunden: „Es ist nun mal eine Binsenwahrheit, daß die allgemeine Öffentlichkeit sich von attraktiven Menschen eher angezogen fühlt. Und würden Sie nicht zugeben, daß es uns individuell genauso geht?"

Madeline kam herüber und enthob Bev einer Antwort. Sie schüttelte ihr die Hand, lächelte Carol zu und begrüßte Marla: „Wie schön, Sie endlich persönlich kennenzulernen. Wir haben die Fragen ja schon telefonisch abgeklärt, aber gibt es sonst noch etwas, worüber Sie sprechen möchten?"

Carol hatte sich zurückgezogen und betrachtete die bekannte, versierte Moderatorin mit dem natürlichen Charme, die so ganz anders aussah als die Madeline Shipley heute morgen, und es versetzte ihr vor Freude einen Stich: *Für mich bist du anders. Für mich.*

Sofern Madeline den prüfenden Blick wahrnahm, ließ sie sich nichts anmerken. Sie hatte sich völlig auf Marla konzentriert. „Die Einblendung heute abend wird sicher ein großer Aufreißer für mein Special über Sie und Ihren Einfluß auf den Feminismus in Australien. Ich freue mich, daß Sie sich für den *Shipley Report* als ersten offiziellen Fernsehauftritt entschieden haben. Wir haben den Text des Briefes von Wellspring für den Bildschirm aufbereitet, aber ist Ihnen bewußt, daß andere Sender heute nachmittag Kopien dieses Briefes erhalten haben? Das heißt, wir haben kein Exklusivrecht..."

„Sie haben *mich*", entgegnete Marla.

Heute gab es kein Studiopublikum. Carol bekam einen ramponierten Leichtmetallstuhl angeboten, den sie ablehnte. Auf dem Fußboden befand sich ein großer Kabelsalat, Scheinwerfer verbreiteten heißes, gleißendes Licht, die Kameras brüteten wie große Vögel aus Metall. Das Aufnahmeteam, größtenteils schrecklich junge Leute, bewahrte in diesem augenscheinlichen Chaos die Ruhe. In der Glaskabine der Regie saßen verschiedene Leute an Pulten über einer verwirrenden Menge von Reglern und Schaltern. Hinter ihnen gewahrte sie Sid Safers beunruhigende Gegenwart.

Sie betrachtete die grell ausgeleuchtete Szenerie. Auf dem Bildschirm wirkte das ganze Ambiente äußerst solide, war aber in Wirklichkeit überraschend windig. Ihr Blick wanderte zu Madeline, die jetzt aufmerksam verfolgte, wie der Aufnahmeleiter die letzten Sekunden der Werbeeinblendung anzeigte. Carol zog eine Grimasse. Wie ungnädig sie heute morgen auf Madelines Erklärung reagiert hatte – wahrlich keine Glanzleistung. Schon hundertmal hatte sie ihre gereizte Antwort abgespult: „Überfall mich nicht so, Madeline. Laß mir Zeit, ja?" Dann hatte sich Carol nach einer raschen Umarmung verabschiedet und war zum Auto geflüchtet. Noch jetzt, Stunden später, verwirrte sie ihre Reaktion. Vorher war die Attraktion zwischen ihnen ein Spiel gewesen, und es war nicht fair, daß Madeline die Spielregeln geändert hatte.

Als das Interview begann, schaute Carol auf den Monitor. Daß die Kamera beide Frauen liebte, war klar – auf dem Bildschirm strahlten beide eine ungeheure Vitalität aus. Alles lief wie geschmiert: Frage und Antwort, dazwischen eingeblendet die brennende Limousine, Ausschnitte aus dem Auftritt in der Town Hall. Dann erschien der Wellspring-Brief auf dem Bildschirm, und unmittelbar danach blickte Marla Strickland direkt in die Kamera.

„... und meine Antwort auf diese Psychopathen, die Bomben legen und unschuldige Menschen töten, auf diese Feiglinge, die in anonymen Briefen ihr Gift verspritzen, lautet...“ Jetzt folgte eine Großaufnahme, als Marla langsam und im Brustton der Überzeugung sagte: „Wenn Frauen zusammenstehen, kann man sie nicht zermürben, man kann sie nicht einschüchtern, man kann sie nicht fertigmachen, man kann sie nicht zum Schweigen bringen. Und *mich* wird man nicht zermürben, *mich* wird man nicht einschüchtern, *mich* wird man nicht fertigmachen, *mich* wird man nicht zum Schweigen bringen. Nichts und niemand wird mich davon abhalten, die Wahrheit zu sagen, die Benachteiligungen zu benennen, unter denen Frauen zu leiden haben.“

***

Auf dem Rückweg zum Hotel sprudelte Marla förmlich. Carol klappte die Ohren zu und überließ Bev das Zuhören.

Obwohl sie von zwei unscheinbaren Wagen eskortiert wurden, einer vor, einer hinter ihnen, fühlte sich Carol äußerst angespannt, ihre Hand lag auf der Waffe unter ihrem Blazer.

Diesmal fuhren sie direkt zum Hauptportal des Hotels, es war wichtig, ständig zu variieren und keine Gewohnheiten zu entwickeln, die es Tätern erleichtern, an das potentielle Opfer zu kommen. Anne Newsome und ein Leibwächter von Huntling empfingen sie in der Halle. „Sie können jetzt gehen, wenn Sie wollen, Carol. Die Penthouse-Suite ist gesichert, und ich bringe Ms. Strickland unverzüglich nach oben."

Carol nickte Anne dankend zu, wünschte Marla gute Nacht und griff nach Bevs Arm, ehe sie sich den anderen anschließen konnte. „Trinken wir beide noch etwas zusammen? Ich möchte gern etwas mit Ihnen besprechen."

Sie setzten sich in eine Nische der eleganten, modernen Hotelbar. Ein Kellner eilte herbei. Carol war gespannt, ob Bev Diaz etwas Alkoholisches bestellen würde.

„Cola, bitte."

Er sah Carol erwartungsvoll an.

„Johnny Walker on the rocks." Sie drehte sich zu Bev, die steif und kerzengerade dasaß, ohne das dunkelgrüne Lederpolster der Lehne zu berühren. „Aufgrund des Anschlags vor der Staatsgalerie, bei dem ein Fahrer ermordet wurde, muß ich Fragen stellen, über die ich mir vorher nicht den Kopf zerbrochen habe. Und ich erwarte Antworten."

Bev starrte sie ausdruckslos an. Schließlich fragte sie: „Macht Ihnen der Job eigentlich Spaß?"

Verdutzt wunderte sich Carol, worauf sie mit dieser Frage hinauswollte. „Ist das eine versteckte Drohung oder eine ehrliche Frage?"

„Ehrliche Frage." Ihre Lippen zuckten. „Ich bin immer ehrlich, soweit ich das kann. Ich wollte nur wissen, ob Sie gern bei der Kripo sind."

Es ist mein Leben, mein Alltag, meine Möglichkeit, meine Welt zu kontrollieren. „Ja, allerdings... meistens jedenfalls."

„Im Moment aber nicht?"

„Ich würde mich nicht darum reißen, Bodyguard zu sein."

Bev sah sie stirnrunzelnd an. „Sie haben's nicht freiwillig getan, natürlich nicht, aber das heißt, daß jemand wollte, daß Sie diesen Job übernehmen. Marla war es jedenfalls nicht – Sie kennen ja ihre Meinung –, wer also hat diese Entscheidung getroffen?"

Ja, wer? „Das tut nichts zur Sache."

„O doch, falls Sie nämlich nicht die Beste für diesen Job sind. Vielleicht will derjenige, der das angeordnet hat, daß Marla stirbt, und besteht deshalb auf einem zweitklassigen Bodyguard."

„Ich nehme das nicht persönlich", versicherte Carol.

Die Frau gegenüber entspannte sich ein wenig. „Womöglich werde ich paranoid und wittere hinter allem etwas. Marla kommt mit der Sache klar, aber ich..." Sie zuckte die Achseln.

Lautlos erschien der Kellner und servierte die Getränke. Als er verschwunden war, fragte Carol: „Warum gehen Sie zu den AA-Treffen?"

Bei dieser unvermittelten Frage entgleisten Bevs verschlossene Gesichtszüge. Sie griff nach ihrem Glas und trank einen großen Schluck. Carol fragte: „Sind Sie Alkoholikerin?"

„Tut das etwas zur Sache?" Bev klang gequält.

„Ich möchte wissen, ob Sie in Sydney zu AA-Treffen gehen?"

Bev stellte wütend ihr Glas auf den Tisch. „Ich gehe zu AA-Treffen. Okay?"

„In Ihrer Akte steht nichts von Alkoholismus."

Bev machte Anstalten zu gehen. „Was ist eigentlich Ihr Problem?"

„In jeder Stadt gibt es solche Treffen. Man nennt sich dort nur beim Vornamen, und jede Person identifiziert sich als Alkoholiker oder Alkoholikerin und wird mit offenen Armen aufgenommen. Niemand muß sich für die Anwesenheit rechtfertigen, und fremde Menschen in den Kreis aufzunehmen, gehört einfach zu dem Prozedere. Es ist der ideale Ort, um Informationen weiterzugeben."

Bev setzte sich wieder hin, ihre Augen funkelten. „Was reden Sie da?"

„Wäre ich der Boß von Wellspring", erklärte Carol grübelnd, „würde ich eine Person ins unmittelbare Umfeld des Opfers schleusen, um an Informationen zu kommen."

Bev starrte sie einen langen Augenblick an. „Und Sie glauben, daß ich diejenige bin?" Sie wartete Carols Antwort nicht ab, sondern beugte sich vor und sagte ruhig, mit Nachdruck: „Sie können glauben, was Sie wollen – es interessiert mich nicht. Ich glaube an all das, wofür Marla einsteht. Sie spricht für *mich* und unzählige Frauen wie ich." Damit raffte sie ihre Sachen und marschierte aus der Bar.

Nachdenklich beobachtete Carol ihren Abgang. *Würde ich nicht haargenau das gleiche sagen, wenn ich ein Spitzel wäre?*

***

Am Dienstagmorgen holte Carol den Hund ihrer Nachbarn ab, die deutsche Schäferhündin namens Olga, und versuchte zum erstenmal wieder ein wenig zu joggen. Sie schlugen ihre übliche Laufstrecke durch das Buschland unweit des Hauses ein. Als sie aus der Klinik kam, war sie so schwach gewesen, daß sie selbst ein gemütlicher Spaziergang erschöpft hatte. Seitdem hatte sie ständig an ihrer Kondition gearbeitet und immer längere, anspruchsvollere Strecken bewältigt, bis sie jetzt ihr gewohntes Lauftraining aufnehmen konnte.

Obgleich sie beim Heimkommen noch immer den dumpfen Schmerz in der Seite spürte, fühlte sie sich sehr aufgekratzt, weil sie merkte, daß ihr Körper die alte Stärke und Geschmeidigkeit zurückgewann.

Nach dem Duschen stand sie nackt vor dem Spiegel. Sie wog unter ihrem Idealgewicht, und ihr Gesicht wirkte abgemagert; die Prellungen von der Explosion hatten blaue Flecken an Hüfte und Arm hervorgerufen; die Operationsnarbe rechts unter dem Brustkorb verblaßte langsam. Sie grinste ihr Spiegelbild an. Die glänzende Gesundheit, die sie als selbstverständlich genommen hatte, und die Kraft und Gelenkigkeit ihres Körpers kehrten allmählich zurück.

Grimmig fuhr sie mit den Fingerspitzen über die Narbe. Sie wäre fast verblutet, bis endlich mit heulender Sirene die Ambulanz eintraf und sie in die Notaufnahme brachte. Noch immer träumte sie manchmal davon, wie das gleißende Licht der Operationslampen vor ihren Augen verschwamm und sie vor Schwäche und Schmerzen nur noch mit äußerster Anstrengung atmen konnte. Wenn so etwas noch einmal passierte...

„Frühstück!" rief Tante Sarah energiegeladen wie jeden Morgen. Carol streifte einen Trainingsanzug über und ging in die Küche, wo ein großes Glas Orangensaft auf sie wartete. „Trink. Er ist frisch gepreßt."

In ihrem lilafarbenen Morgenmantel mit der lindgrünen Bordüre wachte Tante Sarah darüber, daß Carol trank und anerkennend schnalzte.

„Ich hatte so gehofft, daß David zurückkäme, ehe ich heim in die Berge fahre." Tante Sarah grinste sie an. „Es gibt nämlich ein paar Filme, die wir noch nicht gesehen haben."

„Marla Strickland denkt daran, die Tour etwas auszudehnen. Es könnte also sein, daß ich dich bitte, noch ein Weilchen zu bleiben."

„Du brauchst ohnehin eine Person, mit der du zusammenlebst", entgegnete Tante Sarah und nahm Jeffrey auf den Arm.

„Ich komme glänzend allein klar."

Ihre Tante mokierte sich: „Himmel, ich hab' eigentlich eher an die Katzen gedacht – sie brauchen mehr Gesellschaft, als du zu bieten hast..." Sie schob ihr die Morgenzeitungen rüber. „Hier, lies, während ich das Frühstück auf den Tisch bringe."

„Ich möchte nur Kaffee und Toast."

„Kaffee! Du hast vielleicht Nerven!"

Der Leitartikel auf der Titelseite der beiden Morgenzeitungen befaßte sich ausführlich mit Marla Strickland, der Wellspring-Brief war voll abgedruckt, und daneben stand ein Artikel über die Briefbombe in den USA und die Autobombe vor der Staatsgalerie. Die Überschrift des Kommentars auf der nächsten Seite lautete: *US-Feministin als Katalysator für Konflikte.* Und im Text wurde die Frage abgehandelt: *Brauchen wir Unruhestifterinnen aus dem Ausland?* Mit dem Fazit: *Feminazis haben wir hier schon genug.*

Tante Sarah drängte Carol Obst und Cornflakes auf, konnte ihr aber den Kaffee nicht ausreden. Als Carol sich die dritte Tasse einschänkte, um sie beim Anziehen zu trinken, ermahnte sie ihre Tante: „Dein Cholesterolspiegel, Carol! Von Herzrhythmusstörungen ganz zu schweigen. Du hältst deine Gesundheit für allzu selbstverständlich. Das ist leichtfertig."

„Ich gebe zu, daß es so war, inzwischen nicht mehr."

„Natürlich nicht“, lenkte Tante Sarah ein und tätschelte Carols Hand. „Wie konnte ich vergessen, daß du erst vor ein paar Monaten in der Klinik lagst.“ Doch dann fügte sie hinzu: „Aber das heißt noch lange nicht, daß du die Untersuchungen einfach ignorieren kannst, die ergeben haben, daß Kaffeetrinken Gift ist...“

***

Um halb neun löste Carol Anne Newsome ab. „Keine Zwischenfälle, hoffentlich.“

Anne resümierte die Aktivitäten: „Marla war die ganze Zeit in ihrem Zimmer. Pam Boyle ist durch die Suite gewirbelt...“ sie grinste, „mit angewinkelten Knien, um sich möglichst klein zu machen. Gary Hawkins hat gegen zweiundzwanzig Uhr das Hotel verlassen, ‚um sich mal umzusehen‘, wie er sagte. Es muß ihm gefallen haben, denn er kam erst nach zwei zurück.“

„Hat er gesagt, wo er war?“

„Als ich ihn fragte, sagte er, ich solle mich um meinen eigenen Kram scheren. Nicht anders die schreckliche Bev Diaz. Sie verließ das Hotel etwa zur gleichen Zeit, war aber gegen Mitternacht zurück. *Sie* sagte, ich solle verduften. Noch unverblümter als er.“

Ehe Anne sich zum Gehen anschickte, fragte sie: „Halten Sie es für möglich, daß jemand von hier Informationen an Wellspring weitergibt?“

Carol gähnte. Sie hatte stundenlang wachgelegen, und als sie endlich in unruhigen Schlaf gefallen war, hatte sie wirr von Sybil und Madeline geträumt. „Eine Person aus dem direkten Umfeld wäre natürlich ideal.“

Anne hielt an der Tür. „Vielleicht brütet Strickland ja auch den großen Publicity-Knüller aus.“

„Das habe ich sehr wohl gehört!“

„Ich gehe", sagte Anne, als Marla in fließendem cremefarbenem Morgenmantel aus Satin hereingerauscht kam.

Marla stockte, stemmte die Hände in die Taille und musterte Carols ausgeschnittenes blaues Kostüm und den goldenen Schmuck. „Meine Güte... Richtig angeschickt, Kommissarin?"

„Heute nachmittag halten Sie Ihren Vortrag in der Universität vor den Mitgliederinnen des Vereins ‚Mehr Frauen ins Parlament', da ist es erforderlich, daß ich nicht auffalle."

„Kommen Sie, trinken Sie Kaffee mit mir." Marla grinste über ihre Schulter. „Dann können wir uns darüber unterhalten, wie weit ich für Publicity gehen würde."

Der Wintergarten war in warmen Ockertönen und hellem Holz gehalten. Pam Boyle, die über ihre Papiere gebeugt am Schreibtisch in der Ecke saß, blickte auf, als Carol eintrat, und widmete sich demonstrativ gleich wieder ihrer Arbeit.

Carol nahm ihre vierte Tasse Kaffee an diesem Morgen entgegen und hatte den Aufschrei ihrer Tante förmlich im Ohr. Nach einem großen Schluck erklärte Carol: „Anne hat nur einen Scherz gemacht. Sie hat nicht damit sagen wollen –"

„Für Publicity würde ich niemanden um die Ecke bringen, Carol. Andere anrüchige Dinge vielleicht – aber Bomben sind megaout." Marla blickte sie über den Tassenrand an. „Diese Morddrohungen von Wellspring... Wenn ich sterbe, dann sterbe ich."

„Eine Märtyrerin für die Sache?" fragte Carol salopp.

„So ist es." Und völlig ernst fuhr sie fort: „Jede Bewegung braucht Märtyrer. Das hat die Ermordung von Martin Luther King gezeigt. Sein Tod unter anderen hat der Menschenrechtsbewegung neuen Auftrieb gegeben."

„Meinen Sie das im Ernst?"

„Sicher."

„Dann brauchen Sie jedenfalls keinen Bodyguard. Eher das Gegenteil."

Marla grinste über ihren trockenen Ton. „Ich hab' den Versuch aufgegeben, Ihren Abzug zu erwirken. Sie unterhalten mich einfach zu gut." Dann fügte sie stirnrunzelnd hinzu: „Allerdings trifft das nicht auf Sid Safer zu. Auf den würde ich allzu gern verzichten."

Pam richtete sich an ihrem Schreibtisch auf, kam herüber und setzte sich auf die Sofalehne. „Safer ist ganz okay, aber ich mag Denise Cleever nicht." Sie nestelte an ihrem Haar herum und versuchte, die krausen, widerspenstigen Strähnen hinters Ohr zu klemmen.

„Warum mögen Sie sie nicht?" wollte Carol wissen.

„Ihre Art – sie ist rüde."

„Das ist mir noch gar nicht aufgefallen."

Pam überhörte ihre Bemerkung und sagte zu Marla: „Obendrein ist die Cleever *lesbisch*." Ihre Stimme war voller Abscheu.

Carol zog die Brauen hoch. „Na und? Ich auch." Als sie sich das sagen hörte, fragte sie sich, wie oft sie dieses Bekenntnis in der Vergangenheit unterlassen hatte.

„Ja", sagte Pam gallig. „Sie auch."

8

Sydneys Universität, die älteste in Australien, kannte Carol aus ihrer Studienzeit. Das neugotische Gebäude lag inmitten herrlich grünen Rasens. Das Audimax mit seinen Porträts ehemaliger Rektoren, die gewichtig von der dunklen Wandvertäfelung herabblickten, füllte ein angeregt plauderndes Publikum, das bei dieser Gelegenheit den Zusammenschluß eines Netzwerks betrieb.

Die Vorsitzende des Komitees „Mehr Frauen ins Parlament" war eine elegant gekleidete Frau, die die Anwesenheit eines so berühmten Gastes ein wenig zu überfordern schien. Sie stand mit Marla und Carol neben dem Podium und sah besorgt von der einen zur anderen. „Hoffentlich gibt es keine Panne. Ich meine, mit der Lautsprecheranlage hat es ziemliche Probleme gegeben, aber ich glaube, daß der Techniker sie noch rechtzeitig behoben hat..."

„Sonst brülle ich", erklärte Marla.

Da sie nicht sicher war, ob Marla einen Scherz machte, sagte sie hastig: „Oh, das wird sicher nicht nötig sein. Das Audimax hat eine hervorragende Akustik, allerdings ist es wirklich groß..." Sie stockte, als der uniformierte Pedell der Universität auf sie zueilte. Er beugte sich herab und tuschelte ihr aufgeregt etwas ins Ohr. „Ach, du meine Güte! Aber –" Sie sah so verstört aus, daß Carol sich einmischte. „Was gibt's?" Er sah sie unschlüssig an, und sie erklärte ungeduldig: „Ich bin Kriminalkommissarin Ashton. Ich bin hier für die Sicherheit zuständig. Also was gibt's?"

„Wir erhielten gerade telefonisch eine Bombendrohung. Man sagte, sie würde um halb drei im Audimax hochgehen."

Carol sah auf ihre Uhr. „In knapp zwanzig Minuten." Sie blickte den Pedell an, der sichtlich ins Schwitzen geraten war. „Und weiter?"

„Man sagte, wir sollten der Rednerin sagen, es sei Wellspring." Nervös blickte er um sich. „Die haben die Autobombe gelegt, nicht wahr?"

„Autobombe!"

Carol packte die Vorsitzende am Arm. Das letzte, was sie sich wünschen konnte, war Panikstimmung im Publikum. „Erklären Sie den Mitgliederinnen des Komitees und den übrigen Anwesenden, daß sie das Gebäude umgehend verlassen müssen. Nennen Sie keinen Grund, aber bestehen Sie darauf." Und als sie zögerte, drängte Carol: „Jetzt gleich."

Plötzlich stand Denise Cleever neben ihnen. „Ich habe gerade von dem Anruf erfahren. Wir haben das Audimax heute morgen überprüft und seitdem streng bewacht. Hier ist nichts – das muß eine Finte sein."

„Aber Sie haben das Räumkommando herbeordert?"

„Selbstredend. Die Sirenen werden in einer Minute zu hören sein. Und die Umgebung wird bereits abgeriegelt."

Carol wandte sich an den Pedell: „Gehen Sie zum Eingang und schaffen Sie hurtig die Leute raus. Aber verbreiten Sie keine Panik. Und sagen Sie kein Wort über die Bombe." Zu Denise sagte sie: „Sie bleiben bei Marla und bringen sie durch den Hintereingang hinaus. Doch seien Sie vorsichtig. Es könnte sein, daß mit einem blinden Alarm genau das bezweckt ist – sie draußen als Zielscheibe zu haben."

Carol trat ans Podium und schaltete das Mikrophon

ein. Der Techniker hatte gute Arbeit geleistet, ihre klare Stimme drang durch das Audimax: „Darf ich um Ihre Aufmerksamkeit bitten. Soeben wurde uns mitgeteilt, daß sich ein Leck in der Gasleitung befindet. Ich wiederhole: Ein Leck in der Gasleitung. Als Vorsichtsmaßnahme muß ich Sie bitten, daß alle unverzüglich den Raum verlassen." Betroffenes Murmeln setzte ein. „Sobald Sie draußen sind, entfernen Sie sich bitte aus der Gefahrenzone dieses Gebäudes." Sie blickte auf die Uhr. „Diese Evakuierung ist eine feuerschutzpolizeiliche Maßnahme. Kein Grund zur Panik, es bleibt uns genügend Zeit. Bitte, verlassen Sie auf dem schnellsten Weg das Gebäude."

Während sich das Publikum in Bewegung setzte und viele über die Unannehmlichkeit murrten, näherten sich die Sirenen. Carol trieb die Nachzüglerinnen zur Eile an, wobei sie vom Mittelgang aus die Reihen nach zurückgelassenen Paketen und Taschen absuchte. Da es sich um ein geladenes Publikum handelte, hatte Marla eine Kontrolle mit Metalldetektoren für überflüssig gehalten. Jemand im Publikum konnte durchaus eine Bombe eingeschleust und im Trubel der Evakuierung vor Verlassen des Audimax den Zeitzünder aktiviert haben. An der Tür gab es eine kurze Debatte mit einer aufgebrachten Frau, die etwas vergessen hatte und es holen wollte, dann atmete Carol erleichtert auf, als sie draußen war. Sie hatte schon einige Opfer von Bombenanschlägen gesehen, durch Explosionen alptraumhaft verstümmelte Körper...

Marla war mit Bev und Pam ins Verwaltungsgebäude gebracht worden, während das Räumkommando das Audimax nach der Bombe absuchte. Wartend trank sie ihr Mineralwasser und weigerte sich, ins Hotel zurückzukehren. „Sobald die Sache vorbei ist, werde ich meine Rede halten, selbst wenn nur noch fünf Leute anwesend sind, um mich zu hören. *Nichts* wird mich von meiner Rede abhalten."

Die Komiteefrauen schienen robuster zu sein als die Vorsitzende, die bei der Vorstellung, ins Audimax zurückzukehren, in nervöses Kichern ausbrach. „Bravo", rief eine, deren Kaltblütigkeit Carol an eine frühere Vorgesetzte erinnerte, „genau die richtige Art, denen zu zeigen, daß sich Frauen nicht ins Bockshorn jagen lassen."

Gefolgt von einem Polizisten in schwerer Schutzkleidung eilte Denise herein. Sie hatte einen Schuhkarton in der Hand. „Carol, ich dachte, Sie würden sehen wollen, was wir gefunden haben. Keine Bombe, aber dies hier..."

Im Karton befand sich ein Zettel mit einer maschinengeschriebenen Notiz:

DIES HÄTTE EINE BOMBE SEIN KÖNNEN. SIE SOLLEN WISSEN, DASS IHRE TAGE GEZÄHLT SIND.

Und darunter stand noch ein Wort: WELLSPRING.

„Ganz schön melodramatisch, hm?" sagte Denise.

***

Carol hatte für Mittwochmorgen um halb elf eine Lagebesprechung anberaumt, um das Ergebnis aus dem Labor abzuwarten, das den Schuhkarton sowie ein gestern abend beim Hotelportier abgegebenes Foto auf Fingerabdrücke untersuchte. Als sie Marlas Suite betrat, erwarteten sie Anne, Denise und Sid Safer.

Marla hatte sich den zweiten Wodka-Tonic eingeschenkt und starrte verdrossen aus dem Fenster. Die Besprechung interessierte sie anscheinend nicht.

„Könnte sich Wellspring hinter Family First verbergen?"

Denise dachte über Annes Frage nach. „ASIO hat nichts gefunden, was auf eine Verbindung deutet. Wie steht's mit dem Bundeskriminalamt, Sid?"

Er schüttelte den Kopf. „Family First scheint nichts zu verbergen zu haben. Und die einzelnen Mitglieder sind nur allzu bereit, sich öffentlich mit dem Verein identifizieren zu lassen, denn der verleiht ihnen offenbar einen Heiligenschein. Und was Wellspring angeht, wissen wir im Grunde überhaupt nichts."

„Jedenfalls bekämpfen sie alles, wofür Marla eintritt", erklärte Denise. „Mehr noch, sie schrecken auch vor Mord nicht zurück."

Carol dachte an den Fahrer der Limousine. Er hatte fast sein halbes Leben bei der Kriminalpolizei verbracht, hatte eine Frau und drei Kinder, und einem Sprengstoffanschlag zum Opfer zu fallen, hatte er wohl kaum erwartet. „Gibt es was Neues über die Autobombe?"

„Plastiksprengstoff. Ferngezündet. Um so was zu bauen oder zu zünden, muß man kein Einstein sein." Sid zog mißmutig die Mundwinkel herab. „Mit anderen Worten, wir haben nicht das geringste."

Carol wies auf das Foto vor ihr auf dem Tisch. „Und das hier?"

Sid traktierte nachdenklich sein Ohrläppchen. „Jeder könnte diesen Abzug gemacht haben, dazu braucht es nur eine Dunkelkammer und einen Vergrößerungsapparat. Dazu bedurfte es keines Experten." Er seufzte irritiert. „Und der Kurierdienst, der diesen Umschlag im Hotel ablieferte, wurde von einem Grafikbüro namens Silverwater telefonisch bestellt. Vor dem Gebäude wartete eine Frau, die den Umschlag aushändigte und bar mit Kleingeld bezahlte. Der Fahrer dachte sich nichts dabei, und seine Beschreibung war ziemlich vage – braunes Haar, mittleres Alter, gut gekleidet. Es versteht sich von selbst, daß die Firma nicht das geringste wußte."

„Aber Sie überprüfen Silverwater trotzdem?"

Er bedachte Carol mit leidendem Blick. „Selbstredend. Doch es wird nichts dabei herauskommen. So leicht läßt sich Wellspring nicht schnappen."

Während Anne die Abzüge des Fotos verteilte, erklärte Denise: „Es ist mit Teleobjektiv gemacht worden, mit großer Wahrscheinlichkeit von jemandem im Publikum. Als der Saal geräumt wurde, liefen alle durcheinander, viele von ihnen hatten Kameras dabei."

Das Foto war ein großer Schwarz-weiß-Abzug. Im Hintergrund sah man ein Transparent von Family First mit der gut lesbaren Aufschrift LESBENBRAUT. Im Vordergrund, in Begleitung von Denise, war Marla Strickland und hatte das Gesicht der Kamera zugedreht. Um ihren Kopf war ein roter Kreis gemalt, und ein Zettel klebte auf dem Foto: *Dies könnte das Zielfernrohr eines Gewehres sein.*

Carol blickte Marla verärgert an, die in Gedanken verloren mit den Eiswürfeln in ihrem Glas klimperte. „Sie haben den Saal verlassen, noch ehe wir ihn geräumt haben, wie kommt es also, daß Sie in der Menge sind?"

Denise zog ein Gesicht. „Tut mir leid, Carol, es ist meine Schuld. Marla ließ sich nicht dazu bewegen, bis die Evakuierung beendet war. Ich konnte sie nur bis zur Seitentür kriegen, doch keinen Schritt weiter. Auch meine kleine Predigt, daß eine tote Heldin nichts nützt, konnte sie nicht umstimmen. Erst als Sie draußen waren, ließ sie sich erweichen."

„Das war sehr dumm von Ihnen", sagte Carol erbittert zu Marla. „Außerdem haben Sie nicht nur sich selbst in Lebensgefahr gebracht, sondern auch Denise."

Marla zuckte die Achseln. „Und was ist mit Ihnen?"

Sid lachte. „Was sind wir doch alle für tapfere kleine Soldaten..."

Carol fand das nicht witzig. „Das nächstemal erwarte ich, daß Sie genau das tun, was wir Ihnen sagen, wenn es um die Frage der Sicherheit geht."

„Aye, aye, Ma'am!"

Marla schlug die Hacken zusammen und salutierte feixend, so daß Carol unwillkürlich lachen mußte. Dann kam sie auf das Foto zurück. „Natürlich keine Fingerabdrücke."

Sid schüttelte den Kopf. „Und auch mit dem Papier haben wir kein Glück – alles das übliche Zeug. Und außer den Fingerabdrücken von Denise und dem Polizisten, der den Schuhkarton fand, ist weder was auf der Schachtel noch auf dem Brief. Alles was wir wissen ist, daß jemand sie unter das Podest geschoben hat, nachdem das Audimax auf Bomben hin untersucht worden ist."

Marla tippte mit dem Fingernagel auf den Leitartikel in der Morgenzeitung, dessen Schlagzeile lautete: UNI-BOMBE BLINDER ALARM. „Sie erwähnen hier weder den Schuhkarton noch das Foto. Warum nicht?"

„Wellspring weiß es", erklärte Carol, „und wir auch. Wenn wir es in die Presse bringen, besteht die Gefahr, daß sich Trittbrettfahrer dieser Methode bedienen, um blinden Alarm auszulösen. Das würde die ganze Sache nur komplizierter machen."

„Wer auch immer die sind, auf jeden Fall sind sie auf Öffentlichkeit aus, auf die Verbreitung ihrer Vorstellungen", gab Anne zu bedenken, „deshalb wette ich, daß dieses Foto inzwischen an die Medien geschickt wurde."

Sid grinste sie an. „Ich wette, Sie haben recht."

Marla schnippte ans Foto. „Hätte mich wirklich jemand erschießen können?"

„Schwerlich", antwortete Sid. „Eine Kamera zu schwenken, ist etwas anderes als ein Gewehr mit Zielfernrohr, das hätte bestimmt einiges Aufsehen erregt."

„Aber der Schuhkarton hätte eine Bombe sein können, nicht wahr?"

„Von jetzt an werden alle Eingänge mit Metalldetektoren überwacht, auch wenn sich die Leute bei Ihnen beschweren werden, denn das heißt, daß sich künftig lange Warteschlangen bilden."

„Es hätte eine Bombe sein können?" fragte Marla noch einmal.

Widerstrebend nickte Sid. „Sicher, hätte sein können."

***

Beim fünften Läuten hob Madeline den Hörer ab. „Carol, ich habe gehofft, daß du anrufst." Ihr Ton klang sachlich.

„Ich fliege heute abend nach Brisbane. Dort sind verschiedene Veranstaltungen geplant, danach kommen wir nach Sydney zurück."

„Ja, ich weiß. Unser Studio in Queensland schneidet die Auftritte für mein Strickland-Special mit."

Carol hatte sich vorher zurechtgelegt, was sie sagen wollte, doch statt dessen entschuldigte sie sich: „Madeline, es tut mir sehr leid, daß ich dich gestern so abgefertigt habe. Das hätte ich nicht tun sollen."

„Bis dahin ist mein Timing immer so gut gewesen", sagte Madeline mit Bedauern.

„Es war nicht dein Timing. Ich habe nur einfach nicht erwartet..."

„Nun mach mal 'nen Punkt, Carol", wies Madeline sie zurecht. „Du weißt genau, daß du mir nie gleichgültig warst."

„Hattest du die Absicht, sie zu erwidern?" fragte Carol so locker wie möglich.

„Sie zu erwidern?"

„Die Liebe. Du sagtest, du möchtest, daß ich mich in dich verliebe."

„Aber garantiert."

„Für mich ist nichts garantiert."

Nach einer Pause erklärte Madeline: „Carol, ich liebe

dich schon seit langem. Nur schien es mir sinnlos, dir das zu sagen."

Madelines Offenheit nahm Carol den Wind aus den Segeln, und sie verbiß sich eine flapsige Bemerkung. Sie empfand einen Wust an Gefühlen – Zweifel, Überraschung, Erregung. Schweigen machte sich breit. Schließlich sagte Madeline: „Es verschlägt dir die Sprache, Carol? Doch bestimmt nicht."

„Ich werde dich aus Brisbane anrufen. Okay?"

„Bitte."

Carol legte auf und stand lange Zeit mit der Hand auf dem Hörer da. Sie war versucht, zurückzurufen, doch was hätte sie sagen können, das Madeline hören wollte?

Da läutete das Telefon unter ihrer Hand. Es war Mark Bourke.

„Mark, was kann ich für dich tun?"

Bourke prustete: „Es ist eher, daß ich etwas für dich tun kann, Carol. Du hast mich gebeten, herauszufinden, wer da wohl nachgeholfen und politischen Druck ausgeübt hat, so daß du die allseits beliebte Feministin beschützen mußt."

„Und?"

„Und das Faszinierende ist, daß ich's nicht rausfinden kann. Im allgemeinen ist immer ein kleiner Zahn im großen politischen Räderwerk zum Reden bereit. Aber diesmal hat sogar meine Überredungskunst nicht gefruchtet", erklärte er so säuerlich, daß Carol grinsen mußte.

„Wahrscheinlich würde es gar nichts ändern, wenn ich es wüßte, Mark, also mach dir nichts draus."

„Allerdings tauchte ein paarmal ein Name auf, obwohl ich dem nicht allzu große Bedeutung beimessen würde."

„Welcher?"

„Richard Novell. Eher ein parlamentarischer Hinterbänkler ohne besonderen Rang und Namen."

Erstaunt sagte Carol: „Den Namen hab' ich schon gehört, aber ich kenne den Mann nicht, ja, ich weiß noch nicht mal, wie er aussieht. Wieso sollte ausgerechnet er ein Interesse daran haben, daß ich Stricklands Bodyguard bin?"

„Ich habe nicht die blasseste Ahnung, dieser Typ ist nämlich altmodisch, rechts und stockkonservativ." Er seufzte irritiert. „Tut mir leid, daß ich nichts Brauchbares herausgekriegt habe."

„Mark, tu mir einen Gefallen. Bleib weiter am Ball. Vielleicht findest du doch noch etwas."

„Okay, Carol. Und paß auf dich auf."

Sein herzlicher Ton ging ihr nach, auch als sie schon aufgelegt hatte. Und mit einem Mal sehnte sie sich nach der vertrauten Umgebung zurück, nach der üblichen Alltagsroutine in ihrem kahlen, beige gestrichenen Büro, nach der Kameradschaft ihres Teams und nach der Zeit, als ihre sexuelle Identität eine Sache war und ihr Berufsleben eine andere und beides streng voneinander getrennt.

***

Carol freute sich darauf, Brisbane wiederzusehen, auch wenn sie nicht viel Gelegenheit haben würde, das üppige subtropische Klima und die gemächliche Freundlichkeit der Bevölkerung zu genießen. Nach ihrer Hochzeit mit Justin hatten sie dort Freunde besucht, und sie hatte Brisbane in guter Erinnerung. Damals hatten sie in einem dieser typischen Häuser aus der Kolonialzeit Queenslands gewohnt, die auf Stelzen stehen, damit die Luft darunter zirkulieren kann. Es hatte ein verwittertes Kupferdach und breite kühle Veranden und Markisen aus Aluminium über den Fenstern. Die Innenwände waren aus angestrichenem Holz, das vertikal gerippt war, und an den Decken befanden sich breitfächrige Ventilatoren aus getriebenem Messing.

Da Brisbane nur anderthalb Flugstunden von Sydney entfernt ist, hatte Carol verschiedene Flüge unter Pseudonym reservieren lassen. Sie verließen die VIP-Lounge kurz vor Abflug der Maschine, für die Carol sich entschieden hatte. Während sie die Rampe zum Flugzeug hinaufeilten, bemerkte Carol, wie unauffällig Marla in Jeans und T-Shirt wirkte. Sie hatte ihr schwarzes Haar zu einem Pferdeschwanz gebunden und sah sehr viel jünger und weniger beeindruckend aus als sonst in der Öffentlichkeit.

In der komfortablen ersten Klasse saß Marla neben Anne, die den Platz am Gang einnahm, um sie vor einem eventuellen, doch unwahrscheinlichen Angriff im Flugzeug zu schützen. Hinter ihnen ließ sich Gary neben Pam Boyle nieder, die käseweiß im Gesicht war. Carol, die mit Denise auf der anderen Seite des Gangs saß, lehnte sich hinüber und berührte Pams Arm. „Geht es Ihnen nicht gut?"

„Ich hasse das Fliegen", antwortete sie mit einem Seitenblick.

„Aber mit Marla müssen Sie das doch häufig."

„Ja, aber deshalb muß ich es noch lange nicht mögen." Als hätte sie ihren schroffen Ton bemerkt, fügte sie freundlicher hinzu: „Trotzdem danke der Nachfrage. Nach dem Start wird es mir besser gehen."

„Start und Landung sind ja tatsächlich am gefährlichsten", bemerkte Gary mit tückischer Schadenfreude. Pam schloß die Augen.

„Dieser Knabe ist ein echtes Herzchen", sagte Denise amüsiert zu Carol.

„Sind Sie dahintergekommen, was Gary gemeint hat, als er mir sagte, er täte für Marla, wozu sie die anderen nicht kriegt?"

„Ich glaube, er hat nur so rumgeschwafelt, Carol. Er ist eine ziemliche Niete – von klein auf. Sein Vater ist ein renommierter Arzt, der erwartet hat, daß sein Sohn in seine Fußstapfen tritt, doch da hat er kein Glück gehabt. Gary hat entweder nichts auf dem Kasten oder kein Interesse. Wie auch immer, er ist schon am Vordiplom gescheitert. Deshalb tingelt er mit seiner Stiefmutter. Das vermittelt die Illusion, daß er zu irgendwas nütze ist."

„Gary äußert sich ebenso positiv über Sie."

Denise grinste über Carols ironischen Ton. „Was das Thema angeht, hat vermutlich eher Pam Boyle an meiner Sexualität etwas auszusetzen."

„Und an meiner. Woher wissen Sie?"

„Von Gary. Von wem sonst? Er macht soviel Ärger, wie er kann."

Carol beobachtete aus den Augenwinkeln, wie er auf seinem Fensterplatz lümmelte, aus dem Fenster sah und geistesabwesend mit dem Finger seinen spärlichen Schnäuzer strich. „Warum tut er das?"

„Vermutlich macht es ihm Spaß. Er weiß ja, daß er nicht gefeuert werden kann, egal was er anstellt. Marla würde sich auf keinen Fall bei ihrem Mann über seinen Sohn beschweren."

Die Maschine stoppte ihre schier endlose Fahrt am Anfang der Startbahn, die Düsen dröhnten, das Flugzeug vibrierte, als jetzt der Kapitän seine Crew aufforderte, während des Starts die Plätze einzunehmen. Seine ruhige Stimme tröstete Carol nicht über das irrationale Gefühl hinweg, daß die Maschine ihre volle Konzentration brauchte, um vom Boden abzuheben.

Sie wartete, bis das übliche Wunder vollbracht war, das Fahrgestell mit beruhigendem hydraulischem Getöse einfuhr und sie sicher gen Norden strebten. Dann fragte sie nach: „Warum würde sich Marla auf keinen Fall über Gary beschweren? Ich habe noch nicht bemerkt, daß sie irgend etwas runterschluckt und still vor sich hin leidet."

„Wie ich höre, kriselt es in ihrer Ehe."

„*Das* steht nicht in den Akten."

„Ich habe so meine Quellen", erwiderte Denis selbstzufrieden.

„Okay, Meisterspionin, verraten Sie mir alles darüber."

„Dr. Roy Hawkins ist ihr zweiter Mann und ein erfolgreicher Kinderarzt. Er hat ein Händchen für ängstliche Eltern, vor allem für den weiblichen Teil. Und da Marla soviel unterwegs ist, hat er Zeit, sich zu verlustieren. Bis letztes Jahr war es nichts Ernstes. Doch dann gab's einen Mordskrach wegen einer Affäre mit einer steinreichen Anwaltsfrau. Dr. Roy bekam Zunder von beiden Seiten – der Mann der Frau drohte, ihn zusammenzuschlagen, und Marla machte ihm ordentlich die Hölle heiß."

„Keine Rede von Scheidung?"

„Wie es scheint, haben sie die Ehe gekittet, doch wer weiß, was da unterschwellig alles brodelt..."

Carol ging im Geiste die komprimierten Informationen in den Akten durch. „Hat Roy Hawkins Anfangskapital in das Unternehmen seiner Frau gesteckt?"

„Er wäre für jede Feministin der ideale Mann, er unterstützte die Philosophie seiner Frau in der Öffentlichkeit und investierte sein Geld entsprechend. Jetzt, da das Unternehmen auf eigenen Füßen steht und sich in jeder Hinsicht selbst trägt, ohne auf Spendierhosen angewiesen zu sein, hat er sich aus der Sache herausgezogen. Vielleicht hat er's satt, Mr. Strickland genannt zu werden."

„Würde Marlas Tod ihrem Mann irgendeinen Vorteil bescheren?"

„Aber Carol!" sagte Denise in gespieltem Erschrecken. „Sie wollen doch nicht etwa andeuten, daß Dr. Hawkins Wellspring erfunden hat, um seine Frau umzubringen."

„Nein. Ich ventiliere nur ein paar Gedanken."

Denise lehnte sich zurück. „Wenn ich mal einen eigenen Gedanken ventilieren darf: Wir haben im Hotel angrenzende Zimmer."

„Und?" Carols Augenbraue zuckte nach oben.

„Die meiste Zeit hat Anne Newsome Nachtwache, weil Sie für Marlas Auftritte zuständig sind. Ich wollte eigentlich nur andeuten, wenn Sie Lust und Zeit haben, könnten Sie vielleicht..." Denise grinste provokativ, „ein bißchen relaxen."

„Wie aufmerksam von Ihnen", entgegnete Carol sarkastisch.

„Und da wir gerade von Anne reden: Ich glaube, sie könnte auf Sid Safer fliegen."

„Wieso?"

„Er ist als Schürzenjäger bekannt, und daß er verheiratet ist, hindert ihn nicht im geringsten."

„Anne kann schon auf sich selbst aufpassen." Carol blickte über den Gang zu ihrer jungen Mitarbeiterin und fragte sich, ob Denise mit ihrer Spekulation recht haben könnte.

„Und nehmen Sie sich selbst vor Sid in acht."

Erstaunt lächelte Carol sie an. „Ich finde Sid überhaupt nicht attraktiv."

„Das habe ich nicht gemeint", sagte Denise ernst. „Er ist zwar charmant, doch auch sehr konventionell."

„Was heißt das?"

„Vielleicht haben Sie ihn ja für sich eingenommen, Carol, aber bis dato hat er für Schwule nicht gerade etwas übrig gehabt."

Jetzt wollte es Carol genau wissen: „Hatten Sie schon mal Ärger mit ihm?"

Denise zog eine Grimasse. „Die üblichen abfälligen Bemerkungen, aber wir haben nicht sehr eng zusammengearbeitet – nur sporadisch in einigen Fällen. Ich will mal so sagen: Ich habe Sid gegenüber relativ große Vorbehalte." Sie grinste. „Schließlich werde ich dafür bezahlt, Verdacht zu schöpfen."

„Wie sind Sie eigentlich zum Geheimdienst gekommen?"

„Sie werden es nicht glauben, Carol, aber ich habe mich auf eine Stellenanzeige beworben."

„Stimmt genau. Ich glaube es nicht." Carol lachte

Denise tat eingeschnappt. „Ich sage die Wahrheit. Ich war etwa Mitte zwanzig und machte gerade mein Staatsexamen in Kunstgeschichte an der National University, als ASIO Nachwuchs suchte – eine seltene Gelegenheit. Da ich nicht wußte, wie ich meinen Lebensunterhalt bestreiten sollte und meine Eltern mir unmißverständlich nahelegten, mir einen Job zu suchen, hab' ich mich halt beworben und war völlig geplättet, als sie schrieben, sie wollten mich ausbilden."

„Es muß Ihnen gefallen haben – Sie sind noch immer dabei."

Denise wurde ernst. „Jetzt lachen Sie nicht, Carol, aber mir gefällt die Tatsache, daß ich für mein Land arbeite. Verstehen Sie das?"

Ihr Ernst rührte Carol ganz unerwartet. Sie nickte. „Einen besseren Grund, bei der Stange zu bleiben, kann ich mir nicht denken."

9

Die Hotelsuite in Brisbane bot zwar keinen so atemberaubenden Blick wie über den Hafen von Sydney, war aber bequem und luxuriös, und man sah über die Dächer der Stadt. Marla trat ans Fenster und blickte auf das Lichtermeer. Sie lehnte den Kopf an die Scheibe und fragte: „Muß ich mich vor Scharfschützen in acht nehmen?"

Auch wenn sie eher beiläufig klang, entging Carol der gestreßte Unterton nicht. „Sie sind hier sicher. Wir haben diese Suite gewählt, weil es keine direkte Einsicht von anderen Gebäuden gibt." Den Gedanken: *Doch wenn es jemand wirklich darauf anlegt, Sie umzubringen, Marla, gibt es keine Garantie, daß ich oder sonst jemand es verhindern kann!* verkniff sie sich.

Das Telefon läutete, und Bev Diaz kam aus dem Nebenzimmer, um abzunehmen. „Wer? Nein, es gibt keinen Grund, Marla zu sprechen."

Marla wandte sich vom Fenster ab. „Wer ist es?"

„Moment bitte", sagte Bev zu dem Anrufer. Sie wirke müde und irritiert. „Keil Huntling. Er sagt, er will dich persönlich sprechen."

„Wo ist seine Schwester? Die Sicherheitsmaßnahmen wurden vertraglich mit ihr vereinbart, nicht mit ihm." Stirnrunzelnd sah sie, wie Bev die Achseln zuckte, als wolle sie sagen, was kann denn ich dafür. „Es ist dein Job,

Antworten zu kriegen", erklärte Marla kühl. „Ich liebe keine Überraschungen."

Bevs fahles Gesicht errötete, doch sie zuckte mit keiner Wimper, so daß Carol nicht hätte sagen können, ob sie verärgert oder verlegen war.

„Ich werde ihn abwimmeln."

„Nein, er soll raufkommen."

Bev starrte sie einen Augenblick an, dann bellte sie ins Telefon: „Schicken Sie Mr. Huntling mit einem seiner Wachmänner rauf."

„Warum schlagen Sie sich weiter mit einer Privatfirma herum?" fragte Carol freundlich. „Nach dieser Autobombe stehen Scharen von Bundeskriminalbeamten zur Verfügung."

„Ich habe mit Cynthia Huntling einen Vertrag, den ich einhalten werde. Und an der Firma ist bisher nichts auszusetzen gewesen."

„Wir können nicht völlig ausschließen, daß einer der Männer von Huntling ein Sicherheitsrisiko ist. Sie wurden zwar überprüft, doch diese Möglichkeit besteht."

Verhaltenes Klopfen ertönte. Automatisch griff Carol zur Waffe, die im Halfter unter dem losen Hemd steckte. Als sie die Tür öffnen wollte, gebot Marla ihr Einhalt und fragte: „Haben Sie Keil Huntling kennengelernt?"

„Ja. Letzten Sonntag."

„Was halten Sie von ihm?"

„Machen Sie sich selbst ein Bild... Kommen Sie herein, Mr. Huntling."

Keil Huntling sah an ihr vorbei zu Marla. Sein Gesicht über dem eleganten dunklen Anzug errötete, seine blaßblauen Augen glänzten. „Ms. Strickland! Ich freue mich, Sie zu sehen. Ich glaube, Sie haben Cynthia in den Staaten kennengelernt, aber ich hatte noch nicht das Vergnügen..."

Er klemmte sich die flache braune Ledermappe unter den Arm und kam mit ausgestreckter Hand auf Marla zu. Die streifte flüchtig seine Stummelfinger. „Ich habe Ihre Schwester nicht kennengelernt, Mr. Huntling, ich habe sie nur telefonisch gesprochen. Pam Boyle aus meinem Mitarbeiterstab unterzeichnete die Vertragsbedingungen für mich."

Carol betrachtete ihn aufmerksam. Welch ein bizarrer Gedanke, daß der Chef des von Marla engagierten Sicherheitsdienstes eine Gefahr darstellen könnte, doch sein Besuch wirkte relativ aufgesetzt, und außerdem mochte sie ihn weder, noch traute sie ihm. „Weshalb sind Sie hier, Mr. Huntling?" fragte sie. „Sämtliche Sicherheitsfragen in bezug auf die Vortragsreise müssen mit dem Bundeskriminalamt abgeklärt werden."

Er lächelte Marla gewinnend an, als habe sie diese Frage gestellt. „Genau gesagt, betrifft es die Vortragsreise im allgemeinen. Ich habe hier alle Details eines jeden Auftritts und möchte Ihnen dringend empfehlen, Ihre Sicherheit beträchtlich auszuweiten oder einzuschränken oder den Vertrag eventuell zu annullieren –"

„Nein."

Marlas barsche Unterbrechung trieb ihm das Blut ins Gesicht. „Bitte. Hören Sie mich zu Ende an."

„Ich muß mich umziehen, Mr. Huntling, also fassen Sie sich kurz." Sie setzte sich auf eine Stuhlkante, womit sie ihm zu verstehen gab, daß seine Zeit knapp bemessen war.

„Es geht um Ihren Auftritt in der Universität. Heute nachmittag gab ein Bote Abzüge dieses Fotos und des Zettels in unserer Zentrale in Sydney ab."

Er blies sich so auf, daß Carol ihn von seinem hohen Roß herunterholen wollte. „Die gleiche Sendung ist an die gesamte Presse gegangen, das wissen wir. Und daß der

Kurierdienst von einer anonymen Frau bar bezahlt wurde, somit gibt es hier keine Spur."

„Aber wir haben noch etwas erhalten." Gespreizt öffnete er den Reißverschluß seiner Ledermappe. „Ich bin sicher, daß Ms. Strickland sich das selbst ansehen möchte." Er zog einen grünen Plastikschnellhefter hervor. „Es ist dies hier", sagte er und reichte ihr gewichtig das Ding.

„Ist es auf Fingerabdrücke untersucht worden?" fragte Carol scharf.

Er würdigte sie keines Blickes. „Sie wissen doch, daß keine drauf sind. Wellspring ist viel zu professionell."

„Sie hätten augenblicklich das BKA informieren müssen."

Huntling machte eine wegwerfende Bewegung. „Die können es haben, wenn Ms. Strickland es gesehen hat."

Marla schlug den Schnellhefter auf, und Huntling beugte sich vor, um zu erklären: „Das ist der Grundriß der Uni. Hier das Audimax mit der markierten Stelle, wo der Schuhkarton deponiert wurde. Hier sind sämtliche Möglichkeiten eingezeichnet, ins Audimax zu kommen." Er tippte mit dem dicken Zeigefinger auf das Blatt. „Und sehen Sie, selbst die Falltür im Dach und die Unterbodenschächte sind verzeichnet." Er blätterte die Seite um. „Hier ist der gesamte Grundriß vom heutigen Veranstaltungsort Suncorp Piazza. Sehen Sie, selbst die Beleuchtungsstege sind eingezeichnet." Er blätterte weiter. „Und dies hier ist Sydneys Opernhaus, hier der große Saal, wo Sie nächste Woche auftreten werden... Und auf der letzten Seite..."

Das letzte Blatt war eine Fotokopie, die offenbar einem Artikel über Angriffswaffen entstammte, die hier abgebildet waren. Carol erkannte die Uzi-9mm-Maschinenpistole, das halbautomatische Gewehr AK-47, die Street Sweeper, ein Streugewehr. Über der Abbildung einer Sportpistole befand sich ein roter Aufdruck: *Waffe des Attentäters.*

Carol nahm den Schnellhefter an sich. „Sie hätten uns das sofort übergeben müssen."

„Da ich ohnehin nach Brisbane flog, um unsere Sicherheitsmaßnahmen zu überprüfen, dachte ich, ich bringe es selbst..."

„Das müßten Sie besser wissen", sagte Carol mit grimmigem Lächeln.

„Ms. Strickland – Marla –" überging er den Einwand, „meine Firma hat nur ein Interesse: Ihre Sicherheit..."

Marla stand auf. „Tut mir leid, Mr. Huntling, ich muß mich jetzt umziehen. Dies ist meine Assistentin, Beverly Diaz. Falls es noch etwas gibt, bereden Sie es bitte mit ihr. Carol, kann ich Sie kurz sprechen?"

Carol folgt ihr mit dem grünen Schnellhefter in der Hand ins Schlafzimmer. Marla schloß die Tür und sah sie an. „Was halten Sie davon?"

„Von diesem Schnellhefter? Wellspring versucht, Sie zur Absage zu bewegen – und vielleicht sollten Sie das."

„So leicht kann mir niemand Angst einjagen." Sie lachte auf. „Das klingt heroisch. Die Wahrheit ist, auch wenn man mir Angst einjagt, werde ich trotzdem keine Veranstaltung absagen." Sie berührte Carols Arm. „Ich verlasse mich auf Sie, mich am Leben zu erhalten."

Bev öffnete die Tür. „Er ist gegangen, aber der Gockel wohnt hier im Hotel."

Im stillen schloß Carol sich dieser Einschätzung an. „Haben Sie eine Ahnung, warum Mr. Huntling sich derart ins Zeug legt, um Eindruck zu schinden?" fragte sie sachlich.

„Klar." Bev verzog das Gesicht zu einem spöttischen Grinsen. „Das Arschloch hat vor, nach Nordamerika zu expandieren, um dort auf Tourneen australischer Stars als Leibwächter zu fungieren. Er glaubt, Marla könne ihm dabei helfen. Als prominente Klientin könnte sie für ihn

Werbung machen – " Das Klingeln des Telefons auf dem Nachttisch unterbrach sie. Sie griff zum Hörer. „Ja?" Während sie lauschte, wich der Ärger in ihrem Gesicht der Bestürzung. „Das kann nicht dein Ernst sein!"

Sie legte auf und erklärte Marla: „Das war Pam. Gerade kam ein Fax aus Connecticut. Dr. Lucas Britt hat seine Erleuchtungstour durch Australien bekanntgegeben. Er ist bereits unterwegs."

Marla setzte sich auf die Bettkante. „Apropos Arschloch", sagte sie. „Der ist das allergrößte."

***

Was den Personenschutz anbetraf, war Carol über die Wahl des Veranstaltungsorts, der Suncorp Piazza in Brisbane, nicht sonderlich beglückt. Den Morgen hatte sie damit verbracht, den Saal und die Umgebung zu überprüfen. Die Suncorp Piazza lag in den South Bank Parklands am Ufer des Brisbane River, wo in den achtziger Jahren die Weltausstellung stattgefunden hatte. Das ganze Gelände war in eine Parklandschaft verwandelt worden, überall hatte man Gärten und Wanderwege angelegt, dazu einen künstlichen Sandstrand und ein Stück Regenwald. Etliche Restaurants zogen viele Leute an, die am Ufer spazierengingen, von wo man einen schönen Blick auf die Stadt hatte, oder auf Ausflugsdampfern den eigens angelegten Kanal entlangfuhren. Jeder potentielle Attentäter konnte leicht in der Menge untertauchen, sich auf einen Dampfer flüchten oder im Getümmel auf den riesigen Parkplätzen verschwinden.

Am frühen Abend wurde Marla zum Veranstaltungsort gebracht. Sie plauderte mit Carol, während die Limousine mit der Sicherheitseskorte die kurze Strecke vom Hotel durch die City fuhr und die Victoria Bridge überquerte.

Doch kaum betrat sie ihre Garderobe, machte sie einen besorgten Eindruck. Auch Carol fühlte sich angespannt. Marla wanderte unruhig vor den bodenlangen Spiegeln auf und ab. „Wissen Sie, Carol, diese Pseudobombe in der Sydney University läßt mich einfach nicht los. Wie leicht hätte sie echt sein können... Dieser Saal hier ist doch gründlich durchsucht worden, nicht?“

„Ein Spezialtrupp mit Suchhunden hat gerade das ganze Gebäude durchgekämmt. Jeder Eingang, inklusive Laderampe, ist bewacht, und das Publikum muß durch die Metalldetektorschleuse, ehe es hereinkommt.“

Carols geschäftlicher Ton schien sie zu beruhigen. Sie trat vom Make-up-Spiegel zurück, und Beverly setzte sich auf ihren Stuhl. Marla vergewisserte sich: „Carol, Sie kommen doch mit mir auf die Bühne.“

„Selbstverständlich. Ich gehöre ja zu den Honoratioren. Finden Sie, daß ich entsprechend aussehe?“

Marla musterte das neutrale Kostüm und die flachen Lederschuhe. „Mit etwas Schmuck und höheren Absätzen würden Sie besser aussehen.“

„Ich möchte lieber unscheinbar sein.“ Carol dachte nicht daran, ihre flachen Schuhe zu rechtfertigen, die sie brauchte, um nötigenfalls unbehindert einen direkten Angriff auf Marla abwehren zu können. Denn abgesehen von Wellspring, konnte eine andere gestörte Person zu trauriger Berühmtheit zu gelangen versuchen, nachdem der blinde Bombenalarm in Sydney auch hier durch die Presse gegangen war und womöglich einen Anreiz erzeugt hatte.

Anne steckte den Kopf in die Garderobe. „Sid möchte Sie sprechen.“

Carol winkte sie herein, dann trat sie auf den Korridor und schloß die Tür. Das Murmeln des wartenden Publikums brandete herüber, so daß Sid es übertönen mußte: „Alle sind auf dem Posten. Denise koordiniert die Peripherie, ich bin in der Nähe der Bühne, um zur Stelle zu sein, falls etwas passiert."

„Ich will, daß Anne sich seitlich an der Bühne postiert. Ich sitze bei den VIPs."

„Wo sonst?" tat er erstaunt. „Ach, übrigens habe ich den Schnellhefter von Huntling ins Labor geschickt, aber das ist mit Sicherheit reine Zeitverschwendung."

„Haben Sie die Möglichkeit in Betracht gezogen, daß Huntling ihn selbst fabriziert haben könnte, um sich Marla persönlich anzudienen?"

„Sie vertrauen wohl keiner Menschenseele, Carol? Trotzdem könnten Sie recht haben. Doch das hilft uns auch nicht viel weiter."

Anne kam aus der Garderobe und schloß hinter sich die Tür. „Wer ist Dr. Lucas Britt? Marla schäumt förmlich seinetwegen. Der Name kommt mir zwar irgendwie bekannt vor, aber das ist auch alles."

Sid Safer grinste sie an. „Er ist rechts, rechter geht's gar nicht. Seinen Titel hat er aus dem Versandkatalog irgendeiner Briefkastenuniversität. Er hat eine Sekte gegründet: Die Kirche nach Gottes Begehren."

„Klingt etwas anzüglich."

„Ich darf doch bitten! Nur innerhalb des unauflöslichen Ehebundes." Sid grinste noch breiter. „Falls Sie es wirklich wissen wollen, nach Dr. Britt ist es Gottes Begehren, alle sozialen Fortschritte der letzten zweihundert Jahre abzuschaffen. Mir persönlich gefällt folgender Satz von Britt am besten: ‚Der Allmächtige hat einen jeden an seinen Platz bestimmt, und einen Platz für einen jeden.' Wo immer dich Gott hinstellt, da bleibst du. Somit gibt es weder Gleichberechtigung für Minderheiten noch für Frauen."

„Den nimmt doch bestimmt niemand ernst", sagte Anne.

„Die Ultrarechten schon. Er hat eine TV-Gemeinde in den USA, die täglich größer wird. Und am meisten haßt der Boss den Feminismus, insofern können Sie sich wohl vorstellen, daß er Marla mit Freude zur Strecke brächte."

„Gibt es eine Verbindung zwischen der Kirche nach Gottes Begehren und Family First hier bei uns?" erkundigte sich Carol.

„Ach Carol, Sie suchen ständig nach einer Verbindung, aber diesmal muß ich Sie enttäuschen. Family First ist für Dr. Britt nicht *annähernd* konservativ genug. Ich meine, die gestatten es Frauen, öffentlich zu reden, und das ist ein Unding nach Gottes Begehren. Frauen haben zu schweigen, denn Gott machte sie den Männern untertan. Zum Glück für Sie beide unterschreibe ich diese Ansicht nicht." Er blickte auf die Uhr. „Zeit für die Musterung der Truppen."

Anne sah ihm nach, wie er mit langen, federnden Schritten davonging, und sagte: „Ich mag Sid."

Beim Unterton in ihrer Stimme fixierte Carol sie scharf. „Wie sehr?"

Anne wurde verlegen. „Er lebt von seiner Frau getrennt..."

Carol warf ihre vorgefaßte Meinung eilig über den Haufen. Anne und eine Romanze? Im Grunde hatte Carol Denises Bemerkung über Sid Safers Eroberungen nicht geglaubt und fragte sich nun, wie blind sie eigentlich für das war, was um sie her vorging. Sie hatte zwar munkeln gehört, daß Anne gelegentlich mit einigen jungen Kripobeamten ausging, aber sie machte nie einen sehr involvierten Eindruck, sondern schien sich weit mehr für ihre Arbeit und für Sport zu interessieren als für eine Beziehung. „Ich hatte keine Ahnung, daß es zwischen Ihnen ernst ist."

„Ist es auch nicht", widersprach Anne hastig. „Jedenfalls im Augenblick nicht... Wir haben nur ein paarmal ein Glas miteinander getrunken..."

Pam Boyle kam durch den Korridor. Als sie Carol und Anne sah, verlangsamte sie ihren Schritt und nahm ihre krumme Haltung an. „Ist Marla fertig? Sie verspätet sich bereits, und die Leute werden unruhig.“

***

Über dreitausend Menschen saßen dichtgedrängt im Saal. Der erste Jubel bei Marlas Auftritt verschlug Carol den Atem. Sie blickte in Marlas triumphierendes Gesicht. Daß es in ihrer Macht stand, Tausende in einer einzigen Gefühlsaufwallung zu vereinen, mußte ein ultimativer Höhepunkt sein.

Heute abend saß Carol mit berühmten Feministinnen aus Brisbane und Politikerinnen, die Frauen an die Wahlurnen bringen wollten, auf dem Podium. Sie saß am Ende der Reihe rechterhand neben Marla. Auf der linken Seite der Bühne hatte Anne unauffällig Posten bezogen.

Marla begann ihre Rede. Carol erwartete die gewohnte versierte Vortragsweise, doch heute überbot sich die Amerikanerin. Der Saal vibrierte förmlich vor Energie, als sie jetzt auf ihr Thema kam: „Dies ist das Jahr der Dreckschleudern – das Jahr der Schmutzkampagnen gegen gewählte und gestandene Frauen in politischen Ämtern – das Jahr der Attacken auf oppositionelle Frauen, die sich den verlogenen Visionen von ‚Familiären Grundwerten‘ der Rechtsradikalen in den Weg stellen...“

Carol ließ den Blick ständig über das Publikum schweifen und saß sprungbereit auf ihrem Stuhl. Die Sitze des Saals waren an der Westseite in acht steil ansteigende Blöcke geteilt. Jeder der acht Blöcke wurde genau beobachtet für den Fall, daß doch jemand ein Gewehr in Anschlag brächte. Rechts und links von der Bühne befanden sich zwei kleine Blöcke mit Sitzen. Wegen ihrer Nähe zum Podium hätte Carol sie gern frei gehalten, aber das lehnte Marla ab. Sie bestand darauf, daß Leute, die sich diese Karten gekauft hatten, auch das Recht hatten, hier zu sitzen. Anne und einer von Sids Leuten hatten die Aufgabe, diese beiden Blöcke zu überwachen.

Carol konzentrierte sich vornehmlich auf die vorderen Reihen im Parkett, wo sechshundert Menschen Platz hatten. Das Fernsehteam, das für den *Shipley Report* die Veranstaltung mitschnitt, war genau überprüft worden, deshalb galt Carols Interesse mehr dem allgemeinen Publikum. Sie hielt nach etwas Ungewöhnlichem Ausschau: nach einer abrupten Geste, die etwas Bedrohliches hatte, oder ob jemand plötzlich aufstand. Obgleich sämtliche Taschen durchleuchtet worden waren, hätten ausgeklügelte Waffen aus Kunststoff oder Keramik bei dieser Massenüberprüfung nicht identifiziert werden können.

Die Bühne war als letztes vom Bombensuchtrupp unter die Lupe genommen worden, so daß sie den haarsträubenden Gedanken, eine Bombe könne unter dem Rednerpult versteckt sein und jeden Moment explodieren, vergessen konnte.

Ein Wort von Marla fesselte ihre Aufmerksamkeit: „Lesbe ist ein ehrenwertes Wort, das manche unserer Schwestern mit Stolz erfüllt – dennoch ist es eine Tatsache im politischen Alltag, daß die Rechtsradikalen, mit stillschweigender Billigung sämtlicher Konfessionen, eine Frau, die in der Politik kandidiert, mit eben diesem Wort verleumden, wobei Angst und Ignoranz der Gesellschaft ihnen Vorschub leisten. Wer für die Gleichberechtigung von Lesben und Schwulen eintritt, lädt heutzutage zu einer Verleumdungskampagne geradezu ein. ‚Familiäre Grundwerte' ist der Begriff, mit dem man heute auf alle einschlagen kann, die es wagen, aufgeklärte Ansichten zu gesellschaftlichen Themen zu äußern..."

Als der Angriff erfolgte, war er im ersten Moment durch die stehende Ovation verdeckt, die am Ende der Rede losbrach, als Marla sagte: „... und deshalb sage ich euch, das Einschlagen auf Feministinnen wird einen ungeahnten Rückschlag provozieren! Frauen werden ihren rechtmäßigen Platz einnehmen, ob im Haus, in der Regierung, in der Rechtsprechung, in der Wirtschaft." Sie hob die Hände in ihrer charakteristischen Art. „Wir werden obsiegen!"

Applaudierend erhob sich das Publikum in der ersten Reihe. Eine junge Frau in Jeans und T-Shirt machte eine ruckartige Bewegung, die Carol auffiel, ehe die Frau nach vorn sprang und sich mit einem geschmeidigen Satz auf die Bühne schwang.

Ein Adrenalinschub trieb Carol vom Stuhl hoch. Automatisch warf sie sich nach vorn, während sie mit einem Blick die Gefahrensituation erfaßte: ein Schlagstock, hölzern, erhoben, um Marla den Schädel einzuschlagen. *Kein Revolver vonnöten.*

Sie reagierte ohne nachzudenken, griff frontal an, hieb mit dem Unterarm auf die erhobene Hand, blockte den Schlag ab, setzte mit einem präzisen Kinnhaken nach, entwand die Waffe, packte den Arm der Angreiferin und drehte ihn blitzschnell auf den Rücken.

Die Frau fiel auf die Knie, als Carol alle Kraft in den Winkelgriff legte. „Hinlegen! Oder ich brech' dir die Knochen!"

Plötzlich gewahrte Carol den Tumult ringsum. Sid sprang ihr zur Seite und legte der am Boden liegenden Frau Handschellen an. Die VIPs standen fassungslos da. Im Publikum herrschte helle Aufregung. „Wo ist Marla?" übertönte Carol den Lärm.

„Anne hat sie von der Bühne geholt. Sie ist okay."

„Dies hier könnte ein Ablenkungsmanöver sein. Vielleicht erfolgt noch ein Angriff."

Er grinste flüchtig. „Ich weiß. Denise hat alles unter Kontrolle." Er zerrte die Gefesselte auf die Füße. „Seien Sie unbesorgt, Carol."

10

Es war schon spät, als Carol schließlich ins Hotel zurückkehrte. Sie zog sich einen hellgrauen Trainingsanzug an und ging zu Anne, Marla, Pam und Gary hinüber, die sich gerade im Fernsehen die Spätnachrichten ansahen. Marla drückte ihr die Hand. „Ich danke Ihnen, das alles ging so schnell, daß ich es gar nicht richtig mitbekommen habe, nur eines weiß ich, daß Sie den Angriff dieser Person verhindert haben."

Carol winkte bescheiden ab. „Wo ist Bev?" erkundigte sie sich, da sie sie zuletzt kurz vor Marlas Auftritt in der Garderobe gesehen hatte und seitdem nicht mehr.

„Am Telefon, sie redet mit der Presse", erklärte Gary, der auf den Fernseher starrte. „He, seht mal. Da kommt es..."

Das Kamerateam des *Shipley Reports* hatte die ganze Szene mitgedreht, die jetzt in Zeitlupe ablief und von einer enthusiastischen Stimme kommentiert wurde: „... wie auf dem Film zu erkennen ist, wäre die berühmte amerikanische Feministin wahrscheinlich ernsthaft verletzt oder gar getötet worden, hätte die Kriminalkommissarin Carol Ashton nicht blitzschnell reagiert und..."

Carol setzte sich vorsichtig hin, bei dem scharfen Schmerz unter ihren Rippen dachte sie unwillkürlich an die nur mühsam kaschierte Schwäche, die sie überkommen, nachdem sie die Frau überwältigt hatte. Sie sah sich auf dem Bildschirm, als ob sie einer fremden versierten Carol zusah – sah, wie sie die Angreiferin abblockte, bevor der erhobene Schlagstock Marla niederschmettern konnte, sah, wie behende und gekonnt die Angreiferin entwaffnet wurde. Vielleicht wäre Carol das nächste Mal – und sie war sicher, daß es ein nächstes Mal gäbe – nicht so effektiv wie heute.

„Sauber!“ sagte Gary mit unverhohlener Bewunderung. Er sah Carol an. „Astrein, echt.“

„Daß es landesweit ausgestrahlt wird, ist alles andere als astrein, Marla. Jemand anders sollte von jetzt an Ihr Bodyguard sein. Jetzt würden mich alle sofort erkennen, und im Fall eines erneuten Angriffs würden sie mich zuerst ausschalten, um dann an Sie heranzukommen.“

„Ich will nicht, daß Sie ersetzt werden“, erklärte Marla halsstarrig. „Sie können ja Anne in den Vordergrund stellen – sie ist nicht so bekannt –, aber ich will auch Sie bei mir haben.“ Ihre Stimme klang bedrückt.

Pam rutschte unbehaglich in ihrem Sessel. Sie hielt den Kopf gesenkt, und ihre widerspenstige Mähne verdeckte ihr Gesicht. „Ich finde, die Kommissarin hat recht. Sie sollte gehen.“ Als Marla wütend fauchte, blickte sie auf. „Marla, *du* hast sie doch von Anfang an loswerden wollen“, erklärte sie gereizt. „Du brauchst mich nicht anzublaffen, bloß weil ich das gleiche sage wie du.“

„Ich habe eben meine Meinung geändert.“ Marla lächelte Carol kurz an, dann biß sie sich auf die Lippen. „Ich fühle mich einfach sicherer, wenn Sie bei mir sind, Carol.“

„Fordere dein Glück nicht heraus, Pammy“, mischte sich Gary zynisch ein, „sonst bist *du* es vielleicht, die geht.“

„Das möchtest du gern!“ Nie zuvor hatte Carol Pam so offen aggressiv erlebt.

Ehe Gary antworten konnte, stakste Bev herein und ließ sich auf die Couch plumpsen. „Ich habe dem Empfang gesagt, sie sollen sämtliche Anrufe abwimmeln." Sie blickte Marla vielsagend an. „Egal, wer es ist."

***

Carol nahm Anne beiseite und vermittelte ihr den neuesten Stand: „Die Frau hat freiwillig ihren Namen genannt – Freda Sandys. Sie ist nicht in den Polizeiakten. Aber sie ist Mitarbeiterin von Family First. Natürlich haben sie sich von ihr distanziert, und ich bin sicher, daß sie morgen eine Erklärung abgeben, wie schockiert sie seien, daß ein Mitglied von Family First so gewalttätig wurde. Das könnte eine Finte sein, aber ebensogut kann sie einen Alleingang gemacht haben. Sie hatte die Waffe, einen schweren Schlagstock aus Hartholz, in ihrem Rucksack versteckt. Sie gehört ihr – sie hatte sie von ihrem Großonkel, der im zweiten Weltkrieg in London Kommandant der Luftabwehr war. Ein solcher Stock gehörte offenbar zur Standardausrüstung und wurde in der Familie vererbt."

„Eine gottesfürchtige Familie, zweifellos", sagte Anne trocken. „Hat sie erwartet, Marla mit diesem einen Schlag umzubringen? Denn einen zweiten hätte sie ja wohl kaum landen können."

„Freda Sandys äußert sich nicht klar über das, was sie erreichen wollte, außer – wenn ich sie richtig zitiere – daß es ‚ein Schlag für Gott' gewesen sei."

Anne trat unruhig von einem Fuß auf den anderen. „Eine Verrückte also?"

„Sieht ganz so aus. Hoffentlich die einzige von dieser Sorte. Jedenfalls will ich überprüft haben, wie sie an einen Sitzplatz in der ersten Reihe gekommen ist." Sie bemerkte Annes angespanntes Gesicht und sagte: „Ich werde hier in der Suite schlafen. Gehen Sie in unser Zimmer und genehmigen Sie sich einen ordentlichen Drink.“ Außer der Suite hatte Marlas Troß zwei angrenzende Zimmer für Gary und Pam gemietet, das dritte war für Carol und Anne reserviert, die abwechselnd bei Marla Nachtwache hielten.

Anne zögerte. „Etwas stimmt hier nicht“, erklärte sie.

„Was?“ Carol rieb sich die Stirn. Sie war müde und ungeduldig.

Anne vergewisserte sich, daß niemand zuhören konnte. „Gleich nachdem wir in die Suite zurückkamen, hatte Marla ein langes Telefongespräch. Obwohl sie im Schlafzimmer telefonierte, konnte ich hören, wie sie... Nun, sie hatte mit irgendwem einen heftigen Streit. Am Ende hat sie laut gebrüllt und aufgelegt. Dann kam sie eine ganze Weile nicht aus ihrem Zimmer, und als sie dann erschien, war sie ziemlich aus dem Häuschen.“

„Haben Sie eine Ahnung, wer dran war?“

„Nein.“ Anne machte ein bekümmertes Gesicht. „Wahrscheinlich ist es lächerlich, aber ich war richtig betroffen. Marla ist sonst immer so beherrscht, und plötzlich war sie so außer sich...“

Nachdem Anne gegangen war, kehrte Carol gedankenversunken ins Zimmer zurück. Gary und Pam sagten gute Nacht und gingen hinaus. Bev Diaz, die mit Marla die Suite bewohnte, starrte die schweigende Carol abschätzend an. „Ich gehe ins Bett. Ich sehe, daß ihr beide miteinander reden wollt.“

„Wollen wir das?“ Marla rieb sich die Augen. Sie sah erschöpft aus, und es tat Carol einen Augenblick leid, sich diese Müdigkeit zunutze zu machen.

„Nur einen Moment.“

„Hat Ihnen gefallen, was ich heute abend über Lesben gesagt habe?“

„Jedenfalls fühlte ich mich geehrt.“

Marla grinste bei ihrem ironischen Ton. „Freut mich, daß es Ihnen gefallen hat, schließlich habe ich es eigens für Sie eingefügt. Nun, Carol, ich bin sehr müde..."

„Es dauert nicht lange. Erstens: Die Frau, die Sie heute angegriffen hat, gehört zu Family First. Es sieht aus, als habe sie im Alleingang gehandelt und die Organisation habe nichts damit zu tun. Sie ist natürlich in Haft, und ich fürchte, Sie müssen morgen eine polizeiliche Aussage machen. Sie heißt Freda Sandys. Sagt Ihnen der Name etwas?"

Marla stützte das Kinn auf die Hand. „Mit Sicherheit nicht."

„Ich möchte, daß Ihre Unterlagen in den Staaten geprüft werden. Vielleicht findet sich der Name unter den Drohbriefen."

„Warum hat sie das getan?"

Carol hatte schon lange aufgehört, sich über die Motivationen, die Leute zu ihren Taten trieben, zu wundern. „Sie ist besessen – sie sagt, ihr religiöser Glaube hätte sie davon überzeugt, daß es Gottes Wille war."

„Ich muß jetzt ins Bett." Marla gähnte.

Das Gähnen wirkte ansteckend, Carol mußte sich sehr beherrschen. Sie starrte auf ihre Hände und spielte mit ihrem schwarzen Opalring. „Nachdem Sie ins Hotel zurückkamen, hatten Sie einen Anruf, der Sie sehr aufgeregt hat." Als sie aufsah, erschreckte sie Marla kummervolles Gesicht. „Es tut mir sehr leid..."

Marla blickte sie traurig an. „Wie kann man eine Beziehung beenden, ohne daß jemand verletzt wird?"

„Ich glaube nicht, daß das möglich ist." Carol konnte Sybils Gesicht vor sich sehen, die Tränen in ihren Augen, Tränen des Zorns. „Ich glaube, daß jede Person verletzt wird, so und so." *Jetzt, da du gegangen bist, Sybil, fühle ich mich leer und unvollständig.*

Ein ungeduldiges Seufzen erfolgte. „Ich will nur noch, daß es zu Ende ist, damit ich aufhören kann, so zu empfinden."

„Ihr Mann?" fragte Carol mitfühlend.

„Wenn man dem, den man liebt, nicht mehr vertraut, sollte man, wenn man klug ist, so schnell wie möglich aufhören, diesen Menschen zu lieben." Sie verzog bitter den Mund. „Meinen Sie nicht?"

„Das ist leichter gesagt als getan." Bei dieser abgedroschenen Phrase mußte sich Carol eingestehen, daß es über Liebe und Verlust nichts Neues zu sagen gab. „Möchten Sie darüber reden?"

Marla schmiegte sich in ihren Sessel und verschränkte schützend die Arme über der Brust. „Es gibt nichts zu reden. Roy sagt, wir hätten uns auseinandergelebt. Er sagt, er hätte während unserer ganzen Ehe immer nur für meine Karriere Opfer gebracht." Sie schnaubte zornig. „Es muß eine Sache der Perspektive sein – ich hätte geschworen, daß *ich* es gewesen bin, die Opfer gebracht hat..."

„Vielleicht hilft eine Eheberatung..." Carol wand sich bei dieser Plattitüde.

„Als Roy seine letzte Affäre hatte – die letzte, von der ich weiß, jedenfalls – sind wir zusammen monatelang in eine Therapie gegangen." Sie verzog den Mund. „Wir kamen überein, daß seine Untreue eine *gute Sache* sei..." Ihr Sarkasmus war unüberhörbar. „... weil wir dadurch unsere wahren Gefühle herauslassen und die Probleme überwinden konnten, die wir einander verschwiegen hatten." Sie blickte Carol an. „Sind Sie schon mal in einer Therapie gewesen?" Sie entschuldigte sich sogleich: „Pardon, das war wohl etwas persönlich..."

„Ich mußte nach einer Schußverletzung in eine Traumatherapie." Sie fühlte sich zu einer Erklärung genötigt: „Das ist heutzutage bei der Polizei die Regel." *Ich muß aufhö-*

ren, mich dafür zu rechtfertigen. Es ist doch keine persönliche Schwäche, eine Therapie zu machen.

Marla beugte sich neugierig vor. „Und war es eine Hilfe, daß Sie die Therapie gemacht haben?"

„Zu der Zeit fand ich das nicht."

„Und heute?"

„Heute bin ich mir nicht so sicher." Als Carol das sagte, fragte sie sich, ob sie wirklich ehrlich war. Sie war zu den Therapiesitzungen gegangen, weil sie mußte, und hatte erwartet, dort über die Schießerei zu reden und nachdem der Sache genüge getan war, den Therapieprozeß zu beenden. Aber die unerschütterliche Therapeutin schien sich mehr für Carols Leben zu interessieren als für das spezielle Ereignis.

Carol hatte nicht zugelassen, daß sie in ihr Privatleben eindrang, und über harmlose Dinge geredet. Trotzdem kamen befremdlicherweise beim Reden Gedanken und Gefühle ans Licht, von denen sie nicht gewußt hatte, daß sie in ihr waren. Das war zwar schmerzlich gewesen, doch mußte sie fairerweise zugeben, daß es auch sehr erhellend war.

„Ist Ihnen je aufgefallen", fragte Marla bissig, „daß Therapeuten nie etwas direkt sagen, sondern immer nur fragen, was du bei irgend etwas *fühlst?*"

„Zu wissen, was wir wirklich fühlen", entgegnete Carol, indem sie aufstand, um das Ende des Gesprächs anzudeuten, „ist wohl das Schwerste..."

Marla sah zu ihr auf. „Ich weiß, was ich in bezug auf die Rechte der Frauen fühle. Das ist alles, dessen ich mir im Moment absolut sicher bin."

Carol wollte die Diskussion eigentlich nicht verlängern, dennoch fragte sie neugierig: „Aus welchem Grund sind Sie Aktivistin geworden?"

Marla erhob sich. „Ist etwa eine Lücke in Ihren Akten,

Carol?“ fragte sie ironisch. „Ich hätte gedacht, daß Sie von meiner überaus strengen Erziehung wüßten.“

„Im Grunde nicht.“

„Sie wußten nicht, daß mein Vater ein Höllen- und Fegefeuerfundamentalist war, der meine Mutter in stille Ergebenheit zwang und meine beiden Brüder zu Abbildern seiner selbst machte?“ Und eher zu sich selbst sagte sie: „Er war ein absoluter Tyrann.“

Die Intensität dieser Reaktion faszinierte Carol. „Und Sie haben rebelliert?“

„Rebelliert?“ Marla lachte kurz und wütend. „Natürlich nicht. Als Kind habe ich versucht, meinem Vater alles rechtzumachen – ich habe versucht, seine Liebe und Anerkennung zu gewinnen. Erst als ich älter wurde, ging mir auf, daß das reine Zeitverschwendung war. All diesen frommen Reden lagen unterschwellige Angst und abgrundtiefer Haß auf alles Weibliche zu Grunde.“

Carol dachte, was für ein Glück sie gehabt hatte, mit soviel Liebe und Unterstützung seitens ihres geliebten Vaters aufzuwachsen. Sie fragte: „Was hat Sie verändert?“

Marla hatte an Carol vorbeigeblickt, als spule sich ihre Vergangenheit vor ihr ab. Die Frage brachte sie in die Gegenwart zurück. „Eine Lehrerin. Sie hieß Evelyn Martin, und sie war allzu radikal und freidenkend für unsere Kleinstadt. Sie blieb nur ein Jahr an unserer Schule, doch in dieser Zeit lernte ich, was der Mut, für sich selbst zu denken und zu handeln, bedeuten könnte.“ Sie lächelte liebevoll. „Ich wünschte, ich könnte Miss Martin wiederfinden und ihr sagen, was sie für mich getan hat, aber ich habe nie erfahren, wohin sie gegangen ist, nachdem die Schule sie gefeuert hat.“ Sie gähnte laut. „Entschuldigen Sie. Ich muß jetzt ins Bett.“ An der Schlafzimmertür blieb sie stehen und fügte spöttisch hinzu: „Nächstes Mal können Sie mir ja Ihre Lebensgeschichte erzählen, Carol...“

***

Gegen acht am nächsten Morgen löste Anne sie ab. Die Nacht war ohne Zwischenfall verlaufen, und Carol fühlte sich frisch, trotz des oberflächlichen Schlafs. Sie ging in ihr Zimmer und gönnte sich eine ausgiebige heiße Dusche, bevor sie sich vom Zimmerkellner das Frühstück bringen ließ. Geruhsam trank sie ihre zweite Tasse Kaffee, als das leise Murmeln der Fernsehansage im dunklen Teakholzschrank ihre Aufmerksamkeit erregte: „... und Reverend Smedley, der Sprecher von Family First, gibt eine Erklärung über den gestrigen Anschlag auf die amerikanische Feministin, Marla Strickland, ab..." Noch einmal wurde der Angriff eingeblendet, dann erschien Reverend Smedley mit funkelndem Brillengestell und weißem Pastorenkragen, der Bestürzung und Entsetzen über die Tat Freda Sandys zum Ausdruck brachte, einer Frau, die sich als Mitglied von Family First ausgeben mochte, aber ihm und den anderen Mitgliedern des Komitees eher unbekannt war. Blasiert fügte er hinzu, daß Family First natürlich für Freda beten werde und selbstredend auch für die Seele von Marla Strickland.

Nun folgte eine hyperaktive Moderatorin des Morgenteams, die eine Sondersendung im Programm ankündigte: „Wir werden Ihnen Details über Freda Sandys bringen, über ihren Antrag auf Haftentlassung gegen Kaution, und dann wird sie selbst in der Abendschau *Brisbane Tonight* ihre Geschichte erzählen. Warum sie den Anschlag auf die berühmte amerikanische Feministin verübte. Sehen Sie unsere Sondersendung heute abend um sieben!"

Nach einem eingeblendeten Werbekomplex erschien munter strahlend ein anderer Moderator auf der Mattscheibe. „Und nun bringen wir Ihnen einen Ausschnitt aus der Pressekonferenz mit Dr. Lucas Britt, Erzfeind des Feminismus, die heute morgen bei seiner Ankunft in Sydney stattfand..."

Dr. Lucas Britt, weißhaarig, rotbäckig und breit lächelnd trat mit jugendlichem Elan vor die Presse. Anerkennend blickte er sich um, während er Platz nahm. „Es ist so wundervoll, daß Gottes Wille mich in Ihr herrliches, herrliches Land geführt hat..." Seine sonore Stimme hatte einen leichten Südstaatenakzent, er sprach langsam und sehr gewichtig.

Ein Reporter rief ihm eine Frage in bezug auf Marla Strickland zu, woraufhin Trauer das strahlende Lächeln verdüsterte. „Ich bedaure den von Marla eingeschlagenen Weg. Sie hat sich vom Allmächtigen abgewandt und wandelt stolz auf dem Irrweg," Die Wülste seiner weißen Brauen runzelten sich erzürnt, als er fortfuhr: „Marla Strickland ist in der Liebe des Herrn, aber er wird über sie zu Gericht sitzen. Sein Arm der Vergeltung wird jene treffen, die Unschuldige zum Bösen verleiten." In der bedeutungsvollen Pause setzte er die selbstgerechte Miene des Verdammenden auf. „Es ist meine Pflicht, dich, Marla Strickland, zu warnen! Du hast die Frau gegen ihren Mann gekehrt, die Tochter gegen den Vater. Du hast niederträchtige Unzufriedenheit bestärkt, so daß viele ihren rechtmäßigen Platz im Lebensgefüge Gottes vergessen haben. Du hast dich mit gottlosen Sündern verbunden. Es ist Gottes Begehren, nein, Befehl, Ihm zu dienen nach Seinem Willen! Entsage dem Bösen und komm zur Kirche nach Gottes Begehren, und ich werde dir in Seinem Namen vergeben."

Diesem freundlichen Angebot, dachte Carol, würde Marla mit Freude widerstehen. Sie musterte den nachsichtigen Ausdruck des Mannes, das milde Lächeln bei der nächsten Frage. Bestand ein Zusammenhang zwischen seiner überraschenden Entscheidung, nach Australien zu kommen, und der bedrohlichen, realen Gewalt gegen

Marla? Auch wenn seine Wortwahl der Wellspringschen glich, lag das lediglich an der Diktion der Fundamentalisten und deutete noch keineswegs auf eine Verbindung der beiden hin.

Dr. Britt reckte seine Arme zu einer allumfassenden Geste. „Sie alle sollen wissen, daß die Kirche nach Gottes Begehren hier, in Ihrem herrlichen Land, begründet wird. Während ich zu Ihnen spreche, werden Verträge über den Kauf von geeignetem Gelände abgeschlossen, denn Gott hat mir befohlen, die Saat des Friedens und der Demut in Ihre wundervolle Stadt zu tragen, auf daß Seine Kirche stark und mächtig werde, um die Macht des Bösen zu vernichten."

Das Telefon läutete. Carol schaltete mit der Fernbedienung den Ton ab, ohne den Blick vom genialen Gesicht Dr. Britts zu wenden. Ihrer Einschätzung nach war er zweifellos ein Schmierenkomödiant, aber vielleicht auch noch etwas viel Übleres.

Tante Sarahs freudige Stimme trompete durch den Hörer: „Carol? Ich wollte dich gestern nacht nicht mehr stören, aber wie du diese Frau zur Strecke gebracht hast, hat mich *tief* beeindruckt. Sie haben es in sämtlichen Nachrichten gebracht. Wie du das gemacht hast, sah so einfach aus, daß ich es nachmachen könnte."

„Du würdest es wahrscheinlich besser machen als ich."

„Fühlen wir uns heute etwa deprimiert, meine Liebe?"

Die liebevolle Stichelei ihrer Tante entlockte ihr stets ein Lächeln. „Ich habe heute morgen noch nicht eine einzige Attacke abgewehrt und fühle mich ziemlich entbehrlich."

„Nun, ich will dich nicht davon abhalten, Carol. Ich wollte dir nur sagen, daß auf dem Anrufbeantworter eine längere Nachricht von Sybil war."

Kommt sie nach Hause... oder hat sie ihre Meinung

geändert und ich soll zu ihr kommen? Verblüfft merkte Carol, was für einen Konflikt diese Gedanken in ihr hervorriefen. „Ich kann anrufen und das Band später abhören – erzähl mir kurz das Wesentliche von dem, was sie gesagt hat."

„Sybil hat ein paar Freundinnen aus ihrem früheren Lehrerkollegium getroffen. Sie wollen zusammen ein Auto mieten und in den Semesterferien ein paar Wochen durch England fahren. Sie wollte dir nur sagen, daß sie dann nicht erreichbar ist, falls du sie anzurufen versuchst." Tante Sarah schwieg. Dann fügte sie hinzu: „Sie klang ziemlich fröhlich."

„Soll ich mich jetzt ganz beschissen fühlen?" fragte Carol bissig.

„Nein, meine Liebe. Ich will nur, daß du nicht so viele Schuldgefühle hast... Immer vorausgesetzt, daß du sie hast."

***

Fröhlich betrat Denise Carols Zimmer. Sie plumpste in einen Sessel und legte die tennisbeschuhten Füße auf den Couchtisch. „Sie sind noch gar nicht auf mein Angebot zurückgekommen."

„Was für ein Angebot?"

Denise strich sich durch die brünetten Locken. „Ungeahnte Leidenschaft, Carol. Wenn das kein Angebot ist."

„Verlockend", antwortete Carol trocken, „aber leider fehlte mir dazu die Zeit, und bei dem vollen Programm sehe ich heute ebenfalls schwarz."

„Genau deshalb bin ich hier. Marla hat einige Pressetermine, und die Frauengruppen der Stadt haben ein Mittagessen mit ihr organisiert. Ich weiß, daß sie zum Essen aus dem Haus muß und daß sie bei der Polizei ihre

Aussage machen muß, doch aus Sicherheitsgründen sollten ihre Fernsehinterviews hier im Hotel stattfinden, auch wenn es den Sendern nicht recht sein wird. Und das Rundfunkinterview kann telefonisch erfolgen. Ich finde, das ist die beste Lösung, aber Bev Diaz stellt sich quer. Sie sagt, Marla muß so tun, als sei sie durch nichts zu erschüttern. Sich im Hotel zu verstecken, komme nicht in Frage. Ich möchte, daß Sie mich unterstützen."

„Und was sagt Marla dazu? Sie sollte das letzte Wort in dieser Sache haben."

Denise erhob sich geschmeidig. „Kommen Sie und sehen Sie selbst. Ich glaube, sie hat höllische Angst, doch das wird sie nicht zugeben."

„Okay. Ich muß nur noch ein paar Anrufe erledigen, dann komme ich."

Unentschlossen stand Denise da. „Carol..."

„War das alles an ungeahnter Leidenschaft?" Carol grinste.

„Kann sein, daß ich völlig danebenliege, aber ich frage mich, ob Bev Diaz wohl Marla ganz bewußt in Gefahr bringt, indem sie darauf besteht, das Hotel zu verlassen."

„Warum sollte sie das?"

Denise hob die Hände. „Keine Ahnung – aber sie ist ein bißchen verdächtig, nicht?" Sie ging zur Tür und drehte sich um. „Vielleicht eine heimliche Wellspringerin?"

Carol dachte darüber nach, während sie Madelines Nummer wählte. Sie hatte Sid von dem Gespräch mit Bev über die Anonymen Alkoholiker erzählt, und er war ganz ihrer Meinung, daß AA-Treffen sich bestens zum Informationsaustausch eigneten, wenngleich nichts darauf hindeutete, daß Bev sie dazu benutzte.

„Madeline, ich bin's, Carol."

„Das mußt du mir nicht erst sagen, ich würde deine Stimme immer erkennen."

Und *sie* würde Madelines kehlige Stimme stets erkennen.

„Daß du gestern abend ganz schön couragiert gewesen bist, verkneife ich mir wohl lieber, du würdest ja doch nur sagen, das sei halt dein Job, trotzdem war die Sache mit Freda Sandy eine saubere Arbeit."

„Und sauber ad infinitum im Fernsehen ausgestrahlt."

„Glaubst du etwa, Wellspring wüßte nicht, wie du aussiehst? Wenn dem so ist, bist du allzu bescheiden, Carol."

„Ich wüßte gern, ob dir der Namen Wellspring in irgendeinem Zusammenhang mit AA zu Ohren gekommen ist."

Madeline wurde sachlich. „Okay, ich werde sehen, was ich herausfinden kann, und auf dich zurückkommen."

Carol dachte, daß Madeline sich kaum jemals überrascht zeigte, egal wie ihr Kommentar oder ihre Bitte ausfallen mochte, und sagte: „Ich möchte auf *dich persönlich* zurückkommen, sobald wir wieder in Sydney sind."

„Das läßt sich einrichten."

„Ich möchte deine Pläne natürlich nicht durcheinanderbringen."

Madeline lachte über ihren ironischen Ton. „Carol, auf meiner Liste stehst du ganz oben – immer." Und dann wurde sie ernst. „Ich werde gleich mit Marla Strickland reden. Dr. Lucas Britt persönlich hat mich kontaktiert. Er ist morgen in meiner Sendung, aber davon mal abgesehen, er will sie zu einer Fernsehdebatte irgendwann nächste Woche herausfordern. Glaubst du, sie macht mit? Das wäre schon eine tolle Gelegenheit."

„Die deiner Einschaltquote auch nicht gerade abträglich wäre."

Madeline brach in lautes Lachen aus. „Carol, aus diesem Grund liebe ich dich. Du bist immer so direkt!"

11

Begleitet von Denise brachte Carol Marla aufs Polizeikommissariat. Ihr Wagen und die Eskorte wurden von BKA-Beamten chauffiert, neben denen uniformierte Leibwächter von Huntling saßen. Denise hatte zwar wiederholt erklärt, daß private Sicherheitskräfte eher im Weg stünden, als Marla vor einem Anschlag zu bewahren, doch Marla bestand darauf, daß sie blieben.

Während Marla, von Denise bewacht, ihre Aussage machte, suchte Carol den Sergeant auf, der Freda in Untersuchungshaft genommen hatte. „Ich weiß, daß ich in Queensland keine Befugnisse habe, trotzdem möchte ich mit ihr reden."

Der übergewichtige grauhaarige Sergeant bedachte sie mit müdem Grinsen. „Ihr Polizeichef hat schon die Drähte heißlaufen lassen. Wie's schein, steht alles zu Ihrer Verfügung, Kommissarin."

Das Vernehmungszimmer sah nicht anders aus als die vielen anderen, die Carol im Lauf der Jahre betreten hatte: Schmutziggraue Wände, unbequeme Leichtmetallstühle, ein verkratzter Tisch, der beim Aufstützen wackelte, ein verzinnter, blätternder Aschenbecher, die abgestandene Luft roch nach unzähligen Zigaretten.

Freda Sandys saß da, als hätte sie einen Stock verschluckt, und starrte ausdruckslos in die Gegend. Eine

Polizistin mit ebenso ausdruckslosem Gesicht stand in einer Ecke. Carol schaltete das Tonbandgerät ein und diktierte Datum, Uhrzeit und die Namen der Anwesenden. Sie bemerkte, daß Freda Sandys ausdrücklich auf ihr Recht auf Anwesenheit eines Verteidigers verzichtet hatte.

Gestern abend hatte Carol nur einen flüchtigen Eindruck gehabt: eine junge Frau, groß, sportlich, mit fliegenden Haaren und weitaufgerissenen Augen, als sie mit erhobener Waffe irgend etwas Unverständliches schrie. Diese Frau saß jetzt reglos vor ihr, das lange braune Haar war gekämmt, die Hände lagen im Schoß. Ihre Nägel waren abgekaut. Sie hatte kleine braune Augen, einen festen Mund und trug das gleiche T-Shirt und die Jeans wie bei der gestrigen Verhaftung, nur die Schnürsenkel ihrer Sportschuhe hatte man ihr abgenommen.

„Freda, ich bin Kommissarin Carol Ashton von der Kriminalpolizei New South Wales."

„Ich weiß, wer Sie sind." Zum erstenmal blickte Freda sie an. „Sie haben mich niedergeschlagen." Sie wandte den Kopf ab.

Carol lehnte sich zurück und lächelte entgegenkommend. Sie war sicher, daß sie Freda mit der Androhung einer Anklage wegen Mordversuchs nicht würde einschüchtern können. Deshalb sagte sie freundlich: „Es tut mir leid, wenn ich Ihnen wehgetan habe, Freda, aber so ist nun mal mein Job."

Sie hoffte, indem sie die junge Frau immer mit Namen ansprach, eine – wenn auch nur oberflächliche – Beziehung zu ihr herstellen zu können, so daß sie im Lauf der Vernehmung eher zum Reden geneigt sei.

„Ich muß nicht mit Ihnen reden." Freda klang kompromißlos, streifte Carol aber mit einem raschen Blick, offenbar um die Wirkung ihrer Erklärung festzustellen.

„Nein, Freda, das müssen Sie nicht. Trotzdem würde

mich sehr interessieren, warum Sie Marla Strickland niederschlagen wollten. Wären Sie so freundlich, mir das zu sagen?"

„Sie ist übel. Und Sie auch."

Die Polizeipsychologin, die Freda heute morgen einer ersten Untersuchung unterzogen hatte, hatte vermerkt, daß sie keinen geistesverwirrten Eindruck machte, aber wahrscheinlich eine Persönlichkeitsstörung bei ihr vorläge, da sie ungewöhnlich rigide und unflexible Charakterzüge zum Ausdruck brachte.

„Wollten Sie Ms. Strickland umbringen oder sie nur verletzen?"

Mit dieser Frage gewann sie die volle Aufmerksamkeit der jungen Frau. Fast spuckte sie die Worte aus: „Ich wollte sie zum Schweigen bringen. Jezebel!"

Carol verbiß sich ein Grinsen über den biblischen Verweis, denn Freda Sandys starrte sie in so selbstgerechtem Sendungsbewußtsein an, daß es ihr kalt über den Rücken lief. „Warum haben Sie sie nicht Gott überlassen?"erkundigte sie sich höflich.

„Ich habe Gottes Willen erfüllt."

„Wer hat Sie das geheißen, Freda?"

Stolz hob sie das Kinn. „Gott hat es mich geheißen."

Carol spreizte die Hände. „Helfen Sie mir zu verstehen, Freda. Hat jemand von Family First Ihnen den Befehl Gottes vermittelt?"

Freda sah sie argwöhnisch an. „Was versuchen Sie mir da einzureden?"

„Ich möchte wissen, woher Sie wußten, daß Gott wollte, daß Sie gestern abend zur Suncorp Piazza gehen?"

„Ich wußte es eben." Ein affektiertes Lächeln trat auf ihr blasses Gesicht. „Ich war auserwählt."

„Das müssen Sie schon eine ganze Weile gewußt haben", sagte Carol freundlich, „schließlich hatten Sie einen

Platz in der ersten Reihe. Hat Ihnen jemand die Karte gegeben, Freda?"

„Mit Family First hat das nichts zu tun, wenn Sie das hören wollen."

Carol sah sie nachdenklich an. „Dann muß es Wellspring gewesen sein."

„Ich will in meine Zelle zurück." Freda Sandys sprang auf, die Polizistin zuckte unwillkürlich zusammen. Carol blieb sitzen. In diesem Moment hatte sie gesehen, was sie erhofft hatte. Einen Anflug von Triumph auf Fredas Gesicht.

***

Marla hatte sich geweigert, die Fernsehinterviews im Konferenzraum des Hotels zu geben, deshalb hatte sie etliche Termine vor dem offiziellen Mittagessen im Restaurant am Fluß. Sie marschierte aus dem Polizeikommissariat und sank auf den Sitz der Limousine. „Gary, hast du angerufen und gesagt, daß wir uns verspäten? Warum eine simple Aussage so lange dauert, ist mir schleierhaft."

Das interessierte Gary nicht im geringsten. Er blätterte ungerührt in seiner Zeitschrift und sagte: „Ja, alles unter Kontrolle. Sie warten auf uns."

Marla blickte verärgert Carol an, die ihr gegenüber saß. „Warum mußte ich eine polizeiliche Aussage machen? Ich habe doch eigentlich nichts gesehen – es war nichts als ein großes Chaos. Und versuchen Sie nicht, mich damit zu beschwichtigen, daß es lediglich Routine ist."

„Ich versuche gar nicht, Sie zu beschwichtigen."

Marla mußte grinsen. „Carol, Sie tun mir gut. Sie lassen sich nicht von mir rumschubsen." Ihr Lächeln erstarb. „Sie wissen, daß mich Lucas Britt zu einer Fernsehdebatte herausgefordert hat?"

Carol blickte an Marla vorbei, um sich zu vergewissern, daß Denise ihnen im zweiten Wagen folgte. „Madeline Shipley hat es erwähnt, als ich heute morgen mit ihr sprach."

Marla verschränkte die Arme. „Mir steht nicht der Sinn danach, diesem Südstaatenwiesel eine Plattform zu bieten, wo er seine Reden schwingen kann."

Gary blickte von seiner Zeitschrift auf. „Die schwingt er doch sowieso, Marla, warum gibst du ihm die Gelegenheit, dich als Feigling zu bezeichnen, weil du die Konfrontation scheust."

Marla überhörte seine Bemerkung und sagte zu Carol: „Lucas Britt kommt im Fernsehen total gut an. Haben Sie ihn schon gesehen?"

„Nur auf der Pressekonferenz heute morgen."

„Dann wissen Sie ja, was ich meine. Er sieht aus wie ein freundlicher, gütiger alter Herr aus den Südstaaten, was für ein Gift der verspritzt, merken die Leute nicht."

Marlas Abneigung gegen die Debatte überraschte Carol sehr – sie war sicher gewesen, daß Marla begeistert die Chance ergriffen hätte. „Ich würde Ihnen jederzeit den Rücken stärken", sagte sie.

„Sie denken also, ich sollte es tun?"

„Das liegt ganz bei Ihnen."

„*Ich* denke, daß du es tun solltest", erklärte Gary, „sonst sagt er, du hast vor ihm Schiß."

„Was Lucas Britt sagt, ist mir piepegal."

Gary ließ die Zeitschrift sinken. „Weißt du, Marla, wenn du mich fragst, verlierst du bei der Debatte..."

Carol starrte ihn an. *Warum versuchst du mit allen Mitteln, Marla in diese Fernsehdebatte zu treiben?*

***

Die Fernsehinterviews verliefen ohne Zwischenfall, nur eine kleine Gruppe Family First-Demonstranten hatte vor einem Sender ein Spalier gebildet. Carol und Marla tauschten den Wagen mit Denise, die als Lockvogel in der Limousine saß, während die beiden in dem unscheinbaren Auto zum Mittagsessen fuhren, zu dem das Netzwerk der Frauengruppen eingeladen hatte.

Das Restaurant mit der Fassade in Weiß und Silber lag am Ufer des Brisbane River, dessen grünes Wasser vor den Panoramafenstern vorbeiströmte. Es war ein herrlicher Tag, warm und sonnig, und Sid Safer, der sie im Restaurant erwartet hatte, bat Carol nach dem Essen nach draußen, während Marla ihre Rede hielt.

„Ich habe drei meiner Leute an den Tischen sitzen, die sich bemühen, wie radikale Feministinnen auszusehen, und Denise und Ihre Anne Newsome können die Strickland im Auge behalten."

Als er Anne erwähnte, dachte Carol an ihre Sorge über die Geschichte mit ihrer jungen Mitarbeiterin und Sid. Was immer er Anne erzählt haben mochte, daß er von seiner Frau getrennt lebte, war Carol neu. Nicht im Traum hätte sie daran gedacht, sich einzumischen, aber Anne sah zu ihr auf und suchte ihren Rat. Infolgedessen konnte sich Carol nicht entscheiden, was sie tun sollte. Das Restaurant war über Mittag für die Öffentlichkeit geschlossen, deshalb folgte sie Sid nach draußen auf die verlassene Speiseterrasse mit Glastischen und bunten Sonnenschirmen zu einem Tisch nahe am Fluß. Eine Anlegestelle ragte ins Wasser, ein Sicherheitsposten von Sid hielt dort Wache.

Sid drehte die Stühle und den Sonnenschirm so, daß sie das Restaurant im Auge behielten. „Hier sind wir außer Hörweite, sehen aber, wenn was passiert." Er holte seine Sonnenbrille hervor und putzte sie. Dann setzte er sie auf und fragte: „Also, Carol, was gibt's Neues?"

„Heute morgen habe ich Freda verhört. Sie spielt die Rolle der gestörten jungen Frau, die völlig ausrastet, wenn es um Feminismus und Marla Strickland im besonderen geht, doch das kaufe ich ihr nicht ab."

„Ich habe herauszufinden versucht, wie sie garantiert den Platz in der ersten Reihe bekam, aber das hat nichts gebracht. Die Eintrittskarten wurden en bloque herausgegeben und an verschiedenen Stellen verkauft. Wir können nicht feststellen, ob sie die Karte selbst gekauft hat oder sich besorgen ließ."

Carol starrte auf das Boot, das an der Boje schaukelte, als ein Dampfer vorüberglitt. „Ich glaube kaum, daß wir den Beweis dafür finden, aber ich bin mir sicher, daß Freda Sandys zu der Kampagne von Wellspring gehört."

„Die es auf Marla Strickland abgesehen hat."

„Nicht unbedingt. Alles, was Wellspring bisher getan hat, ist auf Öffentlichkeit erpicht. Sie wollen Marla nicht umbringen, sondern sie benutzen, um ihre Ansichten in den Medien zu verbreiten."

Sid streckte seine langen Beine aus und rieb sich müde die Stirn. „Bin ich erledigt. Gegen die religiöse Rechte vorzugehen, ist harte Arbeit."

„Das ist nicht die religiöse Rechte, obwohl ich glaube, daß Wellspring mit dieser Bewegung im Bund steht. Ich denke, daß Wellspring sehr viel politischer ist als die."

„Heutzutage hat doch jeder eine politische Perspektive... Das ist die einzige Möglichkeit, irgendwohin zu kommen."

„Was ist, wenn Wellspring der extremistische Flügel einer politischen Gruppierung ist? Es gibt ja genug solcher Vorbilder, zum Beispiel in Nordirland oder im Nahen Osten. Deren Kandidaten für politische Ämter gerieren sich moderat, verglichen mit den Terrororganisationen, die sie heimlich unterstützen."

„Meine liebe Carol, langsam werden Sie paranoid. Demnächst werden Sie mir noch erzählen, daß es einen Plan gibt, die australische Regierung an sich zu reißen."

Sein überheblicher Ton irritierte Carol. „Nicht an sich zu reißen – Macht zu bekommen. Was, glauben Sie, treibt Politker, die in den Augen der Öffentlichkeit einen noch schlechteren Ruf als Gebrauchtwagenhändler genießen, zu einer Kandidatur für ein Amt? Es ist Macht... Und angeblich ist Macht das ultimative Aphrodisiakum."

Er verschränkte die Arme hinter dem Kopf. „Dann könnte ich ein bißchen Macht in meinem Liebesleben gebrauchen..."

„Anne arbeitet mit mir", sagte Carol ohne nachzudenken. „Ich mag sie und achte sie. Ich würde nicht wollen, daß irgendein Spiel mit ihr getrieben wird."

Sid setzte sich auf, nahm die Brille ab und sagte: „Wollen Sie mir etwa predigen, Carol? Ich könnte sagen, das geht Sie einen feuchten Kehricht an."

Carol war schrecklich wütend auf sich, weil sie sich durch ihre Impulsivität in eine so peinliche Lage gebracht hatte. „Vielleicht geht es mich nichts an..."

Sie unterbrach sich, denn Bev Diaz kam auf sie zu. Ihr stahlgraues Haar war streng aus dem Gesicht gekämmt, und ihr beigefarbenes Kostüm stand ihr überhaupt nicht. Ohne große Einleitung zog sie einen weißen Metallstuhl heran und setzte sich zu ihnen. Sie beugte sich vor, um etwas zu sagen, doch Carol kam ihr zuvor: „Bev, wurden für Marlas Veranstaltungen Ehrenkarten abgegeben? Ich denke an Plätze für die Vorsitzenden der Frauenorganisationen oder für Leute, die größere Spenden getätigt haben?"

„Selbstverständlich gibt es Freikarten", erklärte Bev sichtlich ungeduldig, „das ist allgemein üblich."

„Für ganz spezielle Plätze?"

„Sicher – oder glauben Sie, die VIPs sitzen gern in den letzten Reihen? Sie wollen gesehen werden.“

„Wer ist für die Verteilung dieser Karten verantwortlich?“

„Im Prinzip kümmert sich unser Hauptbüro in Connecticut darum, aber jede von uns kann ein Kontingent an Freikarten bekommen, wenn wir das wollen.“ Daß dieses Thema sie nicht interessierte, stand außer Frage.

„Hat irgend jemand solche Freikarten angefordert?“ bohrte Carol hartnäckig.

„Nicht daß ich wüßte, warum?“

Sid grinste lässig. „Wissen Sie, Bev, wir fragen uns, wie Freda an ihren Platz in der ersten Reihe gekommen ist.“

„Durch eine Kartenverkaufstelle, wie alle anderen auch. Es konnte gar keine Freikarte sein, falls Sie das dachten – für gestern abend gab es die nur auf der rechten und linken Seite des Parketts.“ Sie lächelte ihn grimmig an. „Tut mir leid, Sie enttäuschen zu müssen.“ Dann wandte sie sich an Carol. „Ich möchte etwas viel Wichtigeres mit Ihnen besprechen. Marla hat mir beim Essen gesagt, daß sie überlegt, an dieser Debatte teilzunehmen. Sie kennen Madeline Shipley persönlich. Würde sie gegen Britt mit uns sympathisieren?“

„Ich bin sicher, daß sie mit Britts Ansichten nicht viel am Hut hat, wenn überhaupt, trotzdem glaube ich nicht, daß sie für Marla Partei ergreift, falls Sie das meinen.“

„Warum nicht?“ Bevs dunkle Augen funkelten sie an. „Glauben Sie etwa, daß Britt, dieses Arschloch, ein faires Spiel treibt? Und warum unterstützt Shipley die Frauen nicht? Sie sollte alles tun, was sie kann, um diesen Ärschen das Handwerk zu legen.“

„Madeline hat die Aufgabe, diese Debatte zu moderieren. Es ist nicht ihre Sache, sich auf irgendeine Seite zu schlagen“, erklärte Carol geradeheraus.

Bev riß der Geduldsfaden. „Das ist jedermanns oder jedefraus Sache! Damit so ein Arschloch nicht damit durchkommt, diesen verlogenen Mist zu verbreiten!“

„Die Welt ist voll von verlogenen Arschlöchern“, erklärte Sid freundlich. „Es bringt doch nichts, sich über jedes einzelne derart aufzuregen. Außerdem ist Lucas Britt so weltfremd, so neben der Tasse, daß kein Mensch, der halbwegs richtig tickt, irgendwas auf das gibt, was er sagt.“

„Intelligenz hat Leute noch nie vor etwas bewahrt, wenn sie nach einer Rechtfertigung suchen! Warum ist Britt Ihrer Meinung nach wohl der Anführer einer der reichsten Sekten in den USA?“ Sie schlug mit der flachen Hand auf den Tisch. „Weil er den Leuten das erzählt, was sie hören wollen – daß sie an nichts schuld sind. Daß sie keine Verantwortung für sich übernehmen müssen. Daß sie nur jede Person vernichten müssen, die nicht mit dem übereinstimmt, was Britt sagt, dann ist ihnen der Himmel auf Erden gewiß.“

Sid legte den Kopf schief. „Aber tut Marla Strickland das denn nicht auch? Sagt sie den Frauen nicht auch, daß sie nicht schuld sind? Daß alles ins Lot kommt, wenn die Gegner vernichtet sind?“

Bev starrte ihn angewidert an. „So langsam aber sicher komme ich doch zu der Überzeugung, daß männlichen Wesen bei ihrer Geburt der Hals umgedreht werden sollte.“

Sid sah ihr nach, als sie davonging. „Des Teufels General zu spielen, macht mir wirklich Spaß.“

„Fein“, sagte Carol, „aber spielen Sie bloß nicht den Teufel.“

12

Am Spätnachmittag fand das letzte Fernsehinterview bei einem lokalen Sender für ein Nachrichtenmagazin statt. Fünf Demonstranten erwarteten sie bereits mit ihren Transparenten vor der Tür. Als die drei Wagen vorfuhren, sprang ein Demonstrant auf sie zu und schwenkte ein Plakat mit der Aufschrift: STRICKLAND WIRD IN DER HÖLLE SCHMOREN.

„Woher zum Teufel wußten die, daß wir hierher kommen?" fauchte Marla.

„Ist doch wurscht", entgegenete Gary, betätigte den elektrischen Fensterheber und brüllte: „Verpiß dich!"

Wütend riß Carol ihn zurück. „Sie dürfen das Fenster nicht öffnen. Sie gefährden Marla."

Er wand sich unter ihrem Griff. „Das sind doch bloß ein paar Arschlöcher mit Plakaten –"

„Jemand könnte bewaffnet sein."

„Na gut, tut mir leid", gab er mürrisch klein bei.

Carol eilte mit Marla in den Sender, während Denise die Wagen bewachte. Gary rannte mit dem Schminkkoffer hinter ihnen her und moserte: „Wieso bestehst du auf deinem eigenen Make-up? Im Studio haben sie doch den ganzen Kram..."

Carol hätte ihn am liebsten am ausgestreckten Arm verhungern lassen, doch Marla überging seine Verdrießlichkeit. „Ich weiß genau, wie ich am besten aussehe, ich werde mich doch nicht der Maske anvertrauen."

Der ölige Regieassistent brachte sie zur Maske, und Marla verschwand im Waschraum. Carol nahm sich den Schminkkoffer vor und überprüfte den Inhalt. Nicht daß sie dort irgendein Mordinstrument zu finden erwartete, sie wollte bloß sehen, ob sich ein solches darin verstecken ließe. Gary beobachtete sie mit angeödetem Lächeln. „Glauben Sie etwa, jemand hätte ihren Lippenstift vergiftet?" fragte er. „Oder daß die Tuben in Wahrheit Handgranaten sind?"

Sie sah ihm in die Augen. „Das ist höchst unwahrscheinlich, denn das wäre nicht öffentlichkeitswirksam genug."

„Was tut's, wenn sie Marla erledigen wollen?"

„Wellspring ist auf größte Öffentlichkeit erpicht – auf etwas, das nationale Aufmerksamkeit erregt."

„Ach ja? Wenn Sie mich fragen, wär's nur dann eine große Sache, wenn's in den Staaten im Fernsehen kommt. Wen schert schon, was hier in Australien passiert?"

Carol sah ihn nachdenklich an. „Da könnten Sie recht haben, Gary."

Daß sie ihm zustimmte, bestürzte ihn offenkundig. „Ach ja?" Er strich sich das Haar aus der Stirn. „Glauben Sie?"

„Sie sind ganz versessen darauf, daß Ihre Stiefmutter mit Dr. Britt debattiert, stimmt's?"

„Schon möglich." Daß sie Marla seine Stiefmutter nannte, irritierte ihn, wie sie beabsichtigt hatte.

„Und sie sind noch nie zusammen aufgetreten?"

„Na und?"

„Ich habe den Eindruck, daß Lucas Britt in Amerika genauso populär ist wie Marla und sich die Fernsehanstalten darum reißen werden, diese Debatte zu übertragen, zumindest eine gekürzte Fassung."

Marla schnappte den letzten Satz auf, als sie hereinkam. „Das will ich hoffen! Ich will ihn festnageln – vor dem größten Publikum, das ich kriegen kann."

„Nur solange er dich nicht festnagelt", bemerkte Gary.

***

Der Interviewer war ein unkomplizierter junger Mann in einem schicken marineblauen Jackett, seine perlweißen Zähne in dem tief sonnengebräunten Gesicht blendeten förmlich. Er hatte seine Schularbeiten gemacht und war über Marlas Themen ziemlich im Bilde. Er nannte ihr eine Reihe von Fragen, die er ihr stellen wollte, ohne ein einziges Mal von seinem Gast im Studio ungeduldig unterbrochen zu werden, die, so dachte Carol, wohl die meisten Interviewer hätte zum Frühstück verspeisen können.

Obwohl er sachlich und professionell war, wirkte Marla ein wenig gereizt und tippte mit den Fingernägeln auf ihre schwarze Ledermappe, die sie bei Interviews stets bei sich hatte. Carol hatte vor kurzem einen neugierigen Blick hineingeworfen, und da hatte Marla erklärt, daß sie Zahlen und Statistiken immer gern zur Hand hätte, um ihre Äußerungen belegen zu können, wenn es darauf ankäme oder eine nähere Erläuterung angebracht war. „Das ist mein Sicherheitsnetz", hatte sie erklärt.

Gary war im Regieraum verschwunden. Jetzt sah Carol, wie er gelangweilt an der Wand lehnte. Ihr war nicht entgangen, daß er in den letzten Tagen immer aggressiver gegen seine Stiefmutter geworden war, und Carol fragte sich, wie lange es wohl dauerte, bis Marla ihm einen Dämpfer verpaßte. *Er benimmt sich beinahe, als müsse er sich nicht länger mit Marla arrangieren...*

Das Interview verlief glatt. Carol, die ja selbst einige Erfahrungen mit den Medien hatte, bewunderte Marlas gekonnte Auftritte immer mehr. Vor der Kamera war sie engagiert, selbstbewußt und natürlich, wich nie einer schwierigen Frage aus und dirigierte mit ihren Antworten den Interviewer in die von ihr gewünschte Richtung. Ihre Energie kam auf dem Bildschirm voll zur Geltung und gab ihren Worten Gewicht.

Als sich das Interview seinem spannenden Ende näherte, nutzte sie eine Pause zwischen den Fragen, blickte direkt in die Kamera und sagte: „Wie Sie vielleicht schon gehört haben, ist Dr. Lucas Britt, der Führer einer Sekte in Amerika, die sich Die Kirche nach Gottes Begehren nennt, in Australien eingetroffen, um überraschenderweise eine Erleuchtungstour zu starten, die mit meiner Vortragsreise zeitlich zusammenfällt." Ihr Ton implizierte, daß das kein Zufall war. „Und er wartet mit einer Herausforderung an mich auf, jedenfalls nennt er es so – mit einer landesweit ausgestrahlten Fernsehdebatte." Sie lächelte zuversichtlich in die Kamera. „Ich freue mich, daß ich endlich Gelegenheit habe, nächste Woche Mittwoch im *Shipley Report* Dr. Britts religiöse frauenfeindliche Ideen als das zu entlarven, was sie sind – dummes Zeug."

***

Als sie in die Hotelsuite zurückkamen, erwartete sie eine zufrieden dreinschauende Bev. „Ich habe Madeline Shipley in Sydney angerufen, und sie verlaßte daraufhin ihren Sender hier in Brisbane, uns ein ungekürztes Videoband von Britts Pressekonferenz herüberzuschicken."

„Großartig." Marla Stimme klang nicht sehr begeistert.

„Du mußt alles wissen, was er öffentlich von sich gegeben hat. Wahrscheinlich wird er bei der Debatte die Hälfte davon wiederholen."

„Woher wissen Sie, daß Marla zugestimmt hat?"

Bev bedachte Carol mit einem nachsichtigen Blick. „Würden Sie Marla so kennen wie ich, wäre Ihnen klar, daß sie nie vor einer Herausforderung kneift, schon gar nicht, wenn sie auf jemanden wie Britt und seine Faschosekte abzielt."

Marla lächelte ein wenig über Bevs Bestärkung und sagte zu Carol: „Kommen Sie, Carol, sehen wir's uns gemeinsam an, vielleicht haben Sie eine Idee, wie diesem Mistkerl beizukommen ist. Und du auch, Pam", rief sie. „Du mußt dir das auch ansehen."

Carol beobachtete Pam, die, wie üblich, zusammengesunken durch die Türöffnung glitt. *Bist du wirklich so verklemmt und introvertiert? Oder spielst du uns hier etwas vor – und lachst uns alle aus?*

Denise folgt Pam ins Wohnzimmer. „Ich kann Ihnen genau sagen, was er der Presse erklären wird. Diese fundamentalistischen Sekten haben alle das gleiche Skript."

Bev wartete, bis Marla es sich auf dem Sofa bequem gemacht hatte. „Fertig?"

Das Video begann mit dem allgemeinen Chaos vor einer Pressekonferenz, hastig wurde die letzten Mikrophone aufgestellt, dann setzte sich Dr. Britt auf den Stuhl hinter dem langen Tisch. Carol ließ ihre Gedanken schweifen, hatte sie doch morgens schon das meiste davon im Fernsehen gesehen. Als sie registrierte, daß sie etwas Unbekanntes hörte, blickte sie auf.

„An ihren Früchten sollt ihr sie erkennen", rief Lucas Britt jetzt und setzte eine Miene auf, in der sich Bedauern und Zorn mischten. „Und Marla Strickland befindet sich ständig in Begleitung jener Leute, die dem Herrgott ein wahrer Greuel sind." Es folgte eine effektvolle Pause. „Frauen, die Frauen lieben... Männer, die Männer lieben."

„Und jetzt kommt die ewige Verdammnis in die Hölle", sagte Denise, die ans Sofa gelehnt auf dem Teppich saß.

Drohend fuhr Britt fort: „Sie werden gerichtet werden, und Gott wird sie zu ewigem Fegefeuer verdammen."

Denise lachte. „Haarscharf." Bev blickte sie strafend an, weil sie störte.

Pam Boyle starrte aus ihrem Sessel auf Denise herab. „Warum amüsiert es Sie, sich über Dr. Britt zu mokieren? Viele Menschen glauben, daß es stimmt, was er sagt."

„Sie auch?"

„Natürlich nicht, aber er ist eine außergewöhnliche Person. Ich glaube, es wäre ein Fehler, ihn zu unterschätzen."

„Ach ja? Meiner Ansicht nach ist er ein ziemlich gewöhnlicher, bigotter, verlogener Typ."

„Ja, denk' ich mir." Offenkundig überraschte Pam Denises Mangel an Einsicht keineswegs.

„Ihr könnt euch draußen fetzen", sagte Bev und stellte den Ton lauter. „Marla muß sich das anhören."

Carol bemerkte, daß Marla die Auseinandersetzung zwischen Pam und Denise mehr interessierte als das Fernsehen.

Herausfordernd fragte Denise: „Aber Sie glauben, was er über Homosexualität sagt, stimmt's, Pam?"

„Ja, das glaube ich", antwortete Pam spitz. „Ich weiß, daß Homosexualität Sünde ist. Es ist unnatürlich. Aber das ist meine persönliche Überzeugung, und ich kann mir nicht vorstellen, daß Sie tangiert, was ich denke."

„Mich tangiert, daß anscheinend intelligente Menschen sich als Richter über andere aufspielen, weil sie nicht die gleiche Lebensweise haben."

Pam erhob sich aus ihrem Sessel und richtete sich zu voller Größe auf, ihre Stimme bebte vor Wut, als sie sagte: „Es ist ekelhaft und schmutzig."

Denise lächelte sie an. „Sie verwahren sich in einer Weise, daß ich mich langsam über Sie wundere, Pam.

Wenn Sie Frauen attraktiv finden, sträuben Sie sich nicht dagegen. Sie werden sehen, wie wunderbar es ist."

***

Später, als Marla sich an der Bar einen Wodka-Tonic einschenkte und Carol ein Mineralwasser trank, sagte Carol vorsichtig: „Gary machte heute keinen besonders glücklichen Eindruck..."

Marla ergriff ihr Glas. „Sie meinen: Warum ich mir das antue, wo er doch ein unverschämter Kotzbrocken ist?"

„Warum tun Sie's?"

Marla setzte sich neben Carol auf den hohen Barhocker. „Ich verstehe, warum er sich so benimmt, deshalb ignoriere ich es meistens einfach."

Carol zog fragend die Brauen hoch, sagte aber nichts. Marla sah sie lächelnd von der Seite an. „Sie denken, wie untypisch herzensgut ich bin? Aber Sie haben Gary nie mit seinem Vater zusammen erlebt. Roy hat erwartet, daß sein Sohn in seine Fußstapfen tritt und Arzt wird. Als Gary im Studium scheiterte, hat ihn Roy seine Enttäuschung überdeutlich spüren lassen, und als Gary mit keinem anderen akzeptablen Berufsvorschlag aufwartete, hat mein Mann ihn regelrecht fallenlassen." Sie trank einen großen Schluck. „Gary ist nicht sehr erwachsen, und er vergöttert seinen Vater, also haßt er es natürlich, abgeschoben zu werden und für mich den Laufburschen zu spielen. In seiner Lage würde ich wahrscheinlich das gleiche empfinden."

Carol gab ein nichtssagendes „Hmm..." von sich. *Haßt Gary dich so sehr, daß er dir Böses wünscht?*

„Gibt's Neues von Wellspring?" wechselte Marla das Thema.

„Nein, aber ich habe so ein Gefühl, daß Wellspring eine Verbindung in die Staaten hat."

„Sie könnten recht haben – Lucas Britts Auftritt hier, völlig aus dem Blauen, das kann nicht bloß Zufall sein."

Carol blickte in ihr Glas und wünschte, es wäre Whisky darin. „Wir wurden sowohl vom FBI als auch von der CIA informiert, daß Britt und seiner Organisation nichts nachzuweisen sei. Auch wenn sie am äußersten rechten Rand angesiedelt sind, haben sie sich bisher nichts zuschulden kommen lassen. Und davon glaube ich kein Wort."

Marla rieb sich die Augen. „Ich will nur diese Vortragsreise hinter mich bringen..."

„Wie lange ist Pam Boyle schon bei Ihnen?"

„Ich weiß nicht... ein Jahr vielleicht. Sie war sehr erfolgreich im Privatkundenmarketing, als ich sie engagierte, und sie hat Strickland Enterprises wirklich hochgebracht."

„Und was wissen Sie über sie?"

„Wissen?" fragte Marla sichtlich verärgert. „Alles, was ich wissen muß – sie ist eine überzeugte Feministin."

„Und Bev Diaz?"

„Sie ist seit zwei Jahren bei mir. Ich wüßte nicht, was ich ohne sie anfangen sollte – sie ist eine begabte Managerin."

„Hat Sie Ihnen gesagt, daß sie Alkoholikerin ist?"

„Bev hat mir gesagt, daß sie eine *trockene* Alkoholikerin ist", antwortete Marla unwirsch. „Ich begreife nicht, warum Sie darauf so rumreiten – es ist eine Krankheit, Carol, kein moralischer Defekt." Sie hob ungeduldig die Hände. „Als nächstes werden Sie mich über Gary ausfragen."

„Allerdings, das hatte ich vor."

„Hören Sie auf damit!" fuhr Marla sie an. „Wer immer Wellspring auch sein mag, er ist außerhalb meiner Organisation."

„Sicher haben Sie recht. Aber vielleicht..." Carol suchte nach dem passenden Ausdruck.

„Was?“

„... reist da jemand auf Ihrem Ticket.“

„Seien Sie nicht albern“, sagte Marla, beendete ihren Drink und damit das Gespräch.

***

Anne kam herauf, um Carol zur Nachtwache abzulösen. „Ehe Sie gehen, muß ich Ihnen noch etwas sagen.“

Carol hielt an der Tür inne. Sie sah, daß Anne sich sehr unbehaglich fühlte.

„Es hat mit Sid zu tun...“ erklärte Anne, nachdem sie sich geräuspert hatte.

„Er hat Ihnen erzählt, daß ich etwas zu ihm gesagt habe. Es tut mir leid, Anne. Er hat ganz recht, es geht mich nichts an.“

„Genaugenommen wünschte ich, Sie hätten etwas zu *mir* gesagt.“ Anne rieb sich die Wange. „Das Ganze ist ziemlich peinlich. Ich war ja so dumm...“

Carol wollte ihr helfen und sagte: „Vergessen Sie es. Es geht mich wirklich nichts an.“

„Nein, ich muß es Ihnen sagen. Und es geht Sie sehr wohl etwas an. Sid hat mir gesagt, daß er von seiner Frau getrennt lebe, aber dann kamen mir Zweifel daran. Heute habe ich ihn zur Rede gestellt, und da wurde er schrecklich wütend. Er sagte, er wüßte, daß Sie dahinterstecken. Und als ich erklärte, daß das nicht wahr sei, hat er...“

Carol sah einen Augenblick rot bei dem Gedanken, daß er sie womöglich geohrfeigt hatte, aber dann merkte sie, daß Anne sich eher genierte als wurmte. „Was hat er?“

„Er hat über Sie gesagt, ich zitiere wörtlich: Diese verdammte Lesbe haßt alle Männer. Und dann sagte er, ich soll mich vor Ihnen in acht nehmen, sonst würden Sie mich unter Druck setzen.“

Mühsam beherrschte Carol ihren Zorn. „Was haben Sie darauf geantwortet?“ fragte sie.

Anne lächelte trübselig. „Ich habe ihm die Tür gewiesen... Und ihm gesagt, daß ich von allen guten Geistern verlassen gewesen sein muß, einen Typ wie ihn attraktiv zu finden.“

„Danke, daß Sie's mir gesagt haben.“

„Ich dachte, Sie sollten wissen, daß er womöglich hinter Ihrem Rücken über Sie herzieht.“

„Ich werde mich darum kümmern, Anne, und nun reden wir nicht mehr davon, okay?“

Dieses hinterfotzige Arschloch, kochte sie innerlich.

13

Sobald Carol wieder zu Hause war, rief sie Madeline an. „Ich bin gerade aus Brisbane gekommen und will erst mal duschen –"

„Eine berückende Vorstellung. Soll ich auf der Stelle rüberkommen?"

Carol sah zu Tante Sarah hinüber, die sich in der Küche munter am Herd zu schaffen machte. „Nein, meine Tante ist hier und besteht darauf, erst mal zu essen. Wie ich sie kenne, wird sie nichts davon abbringen – das zu versuchen, ist hoffnungslos."

„Also werde ich dich heute abend nicht sehen?" Madeline klang enttäuscht.

Carol grinste in sich hinein. „Hast du vor, früh zu Bett zu gehen?"

„Nur wenn du hier bist."

Carol verspürte ein Kribbeln bei dieser Anzüglichkeit. „Ich glaube nicht, daß es lange dauert."

Madeline lachte weich, dann sagte sie: „Damit uns nicht nachher das Geschäftliche den Spaß verdirbt, beantworte ich lieber gleich deine Frage bezüglich Wellspring und AA – es gibt keine Verbindung, soweit ich das sehen kann. Wie mir mein Informant erklärte, hat er offenbar zum erstenmal von Wellspring in einer Gruppe vernommen, die den Fundamentalisten angehört und ziemlich schwulenfeindlich ist. Aber an harte Fakten kann ich nicht herankommen."

Nachdenklich hob Carol Jeffrey hoch, um ihn zu kraulen. Als sie in die Küche ging, drapierte sich Jeffrey auf ihre Schulter und schnurrte begeistert an ihrem Ohr. „Ich gehe noch weg nach dem Essen."

„Madeline Shipley?"

„Ja."

Ihre Tante sah sie forschend an. „Du weißt genau, was du tust?"

„Ich tu doch gar nichts."

„Ich habe den Eindruck, wenn Madeline Shipley etwas will, kriegt sie es."

Jeffrey protestierte, als Carol ihn auf den Boden setzte. „Ich auch."

Tante Sarah stellte die Teller auf den Tisch. „Mach dir nichts vor, meine Liebe. Du wußtest noch nie genau, was du wirklich willst."

***

Madeline entfernte den Korken von der Flasche Dom Perignon. Sie füllte zwei Kristallgläser mit Champagner. „Ein edler Tropfen, Carol. Ich hoffe, du bist beeindruckt."

„Das bin ich. Aber warum dieser Luxus?"

Madeline grinste. „Ich kann wohl kaum erwarten, dich mit billigem Sekt zu verführen."

„Du solltest überhaupt nicht erwarten, mich zu verführen." Und als Madeline sie ernüchtert ansah, fügte Carol hinzu: „Ich meine, das ist nicht nötig. Ich muß nicht erst überredet werden."

„Das ist ja ganz was Neues – ist etwas passiert?"

„Warum auf einmal so bescheiden, Madeline? *Du* bist es natürlich."

Madeline ergriff ihr Glas. „Darauf stoße ich an, aber *du* hast die Kurve gekriegt."

Carol betrachtete die aufsteigenden Perlen im Glas. „Möchtest du, daß ich auf uns trinke?"

„Uns? Es gibt kein uns. Nur dich und mich."

Mit einem Mal wollte Carol viel mehr, etwas von Dauer. „Madeline..."

„Ja?"

„Ich will dich."

„Das ist zwar nicht ganz, was ich zu hören hoffte", Madeline lachte leise, „aber vorläufig reicht's."

Ihr Mund war warm, ihre Hände umschlangen Carols Rücken. Carol küßte sie gierig, leidenschaftlich. Madeline erwiderte glühend den Kuß, doch dann entwand sie sich. Carol zog sie erregt an sich, jetzt gab es für sie kein Zurück. „Du weißt, was ich empfinde, also fopp mich nicht."

„Dann fopp du mich auch nicht."

Bei ihrem scharfen Ton riß Carol die Augen auf. „Was meinst du damit?"

„Ich empfinde zuviel für dich. Mehr als mir lieb ist, und ich kann's nicht ändern, wie gern ich's auch täte, denn ich fürchte – und ich weiß, wie kitschig das klingt –, du wirst mir das Herz brechen."

Zwischen Leidenschaft und Zorn hin und her gerissen, schüttelte Carol den Kopf. „Das ist unfair."

„Immer hast du Sybil in der Hinterhand und bist weg, wenn es allzu ernst wird."

„Nein." Aber Carol wußte, daß an diesen harschen Worten etwas Wahres war. Sybil war tatsächlich gewissermaßen ein Sicherheitsnetz. Carol konnte sich entziehen und einfach sagen: „Tut mir leid, doch in Wahrheit liebe ich Sybil..."

Aber sie wollte darüber nicht nachdenken. Sie beugte

sich über Madeline und küßte sie langsam, innig und ohne Hast, bis ihr Puls schließlich zu rasen begann und jeder Gedanke von ihr abfiel.

„Ich brauche dich jetzt. Ich kann nicht warten“, murmelte Madeline an ihren Lippen.

Ein Schauer der Erregung überlief Carol, und das Kribbeln im Magen wurde fast unerträglich. Madelines Hände glitten unter ihr T-Shirt, ihre Wirbelsäule entlang. „Zieh die Sachen aus – jetzt!“ sagte Carol energisch, indem sie sich mühsam beherrschte.

Madeline gluckste an ihrer Kehle. „Ich liebe energische Frauen. Überzeuge mich...“

„Madeline, zieh sie aus, ich will sie dir nicht vom Leib reißen.“

„Bist du tatsächlich so ungeduldig?“

„Ja!“

Während Madeline den Blazer abstreifte und an ihren Blusenknöpfen fingerte, küßte sie Carols Hals. „Komm, hilf mir.“

Carol lachte außer Atem. „Muß ich wohl, du bist zu langsam.“

Kaum war Madeline nackt, wehrte sie Carols Hände ab. „Du bist dran“, sagte sie, indem sie ihr den Reißverschluß ihrer Jeans öffnete.

Schließlich glitten sie auf den Teppich, und Madeline küßte sie, wie sie geküßt werden wollte, hielt sie, wie sie gehalten werden wollte, als sie bebend kam und aufschrie.

Die Erregung verebbte, und Carol versuchte, zu Atem zu kommen. Sie fühlte sich wunderbar entspannt, drehte sich in Madelines Armen und flüsterte: „Weißt du, ich könnte mich in dich verlieben...“

14

Vor der Lagebesprechung am nächsten Morgen fing Carol Sid ab. „Was Sie über mich gesagt haben, schätze ich keineswegs."

„Ich?" Er sah sie erstaunt an.

„Spielen Sie hier nicht den Dummen, Sid, ich habe mit Anne gesprochen."

„Ah." Er nickte, als ginge ihm ein Licht auf. „Ich fürchte, sie muß da was falsch verstanden haben, ich war einfach nur freundlich..."

„Ich glaube nicht, daß sie etwas falsch verstanden hat."

Er preßte die Lippen zusammen. Dann sagte er: „Hoffentlich glauben Sie nicht alles, was sie sagt."

Carol antwortete nicht, sie starrte ihn nur an und wußte, daß der Abscheu, den sie empfand, ihrem Gesicht abzulesen sein mußte.

Schließlich sagte er: „Na gut, vielleicht hab' ich den Mund etwas zu weit aufgemacht – aber es ist ja nichts passiert."

„Wem haben Sie sonst noch Ihre Meinung über meine sexuellen Aktivitäten auf die Nase gebunden?"

Er wurde ein wenig rot. „Hören Sie, wenn Sie keinen Spaß verstehen können –"

„Diese verdammte Lesbe haßt alle Männer. Das sollte wohl ein Scherz sein? Und besonders charmant finde ich

Ihren Kommentar, daß ich als Annes Vorgesetzte sie zum Sex mit mir zwingen könnte."

Jetzt lief er dunkelrot an. Er strich sich das blonde Haar zurück und glättete seinen Schlips. Dann sagte er jovial wie immer: „Ich begreif's einfach nicht, Carol. Ich meine, Sie haben einen Sohn, und es ist ja nicht so, daß Sie keinen Mann kriegen könnten... Ehrlich gesagt, Sie sehen verdammt gut aus."

Carol sah ihn durchdringend an und sagte sehr ruhig und bestimmt: „Ich vergeude nicht meine Zeit damit, Ihnen irgendwas zu erklären, doch eines verspreche ich Ihnen, Sid, wenn ich höre, daß Sie so etwas noch einmal laut sagen, werde ich Sie kreuzigen. Ich werde nicht zögern, direkt zu Ihren Vorgesetzten zu gehen. Und ich werde nicht zögern, Sie vor Gericht zu bringen."

Sein Mund zuckte herausfordernd. „Eine so heiße Sache würden Sie gar nicht durchstehen."

„Verlassen Sie sich nicht darauf, daß ich den Mund halte, Sid. Ich habe nichts zu verlieren, wenn ich es an die große Glocke hänge. Sie schon."

Er versuchte ein treuherziges Lächeln. „Carol, ich glaube, wir haben uns mißverstanden..." Er spreizte seine Hände. „Wir sollten es am besten vergessen, ja?"

„Sie warten auf uns." Carol öffnete die Tür.

Sid folgte ihr ins Zimmer. Auf dem Tisch befanden sich bereits Kaffeetassen und Papiere. Denise schenkte Carol eine Tasse Kaffee ein und reichte sie ihr. „Wußten Sie, daß Ihr Lieblingspolitiker schon wieder zu Gast sein wird?"

„Wer? Marjory Quince?"

„Nein. Der Mann, der unser nächster Premierminister werden möchte – Joseph Marin persönlich."

Anne hob den Kopf. „Aber der hat doch nicht die geringste Chance."

„Da seien Sie mal nicht so sicher. Er hat nämlich ein

nettes Grüppen um sich geschart, und der konservative Flügel der Partei muckt auf und unterstützt ihn insgeheim. Dies Jahr ist es wohl noch zu früh, aber wenn unser gegenwärtiges Oberhaupt seinen unpopulären Kurs beibehält, wette ich, daß es nächstes Jahr soweit sein wird."

Bev Diaz raffte ihre Papiere zusammen. „Hören Sie, können wir jetzt die Sicherheitsmaßnahmen durchsprechen?"

Carol legte die Hände aneinander. „Denise, hat Joseph Marin einen Wahlkampfleiter, der ihm die Stimmen zutreibt?"

„Natürlich hat er, aber Sie werden wahrscheinlich noch nicht von ihm gehört haben."

„Es ist doch nicht Richard Novell, oder?"

Denise sah sie bewundernd an. „Sie sind ja eine richtige Detektivin, Carol! Sie haben tatsächlich recht."

***

Mark Bourke entschuldigte sich: „Carol, ich hab' alles versucht, aber ich laufe weiterhin gegen eine Wand. Ich verwette meinen letzten Dollar, daß dieser Richard Novell irgendwas damit zu tun hat, doch welcher politische Einfluß auch dahintersteckt, es wird astrein vertuscht, da dringt nicht das geringste nach draußen. Lediglich eines steht fest, Marjory Quince hat sich gegen deine Abstellung gesträubt. Sie wurde regelrecht breitgeschlagen und instruierte den Polizeichef, obwohl er ihre Bedenken teilte, daß du gesundheitlich noch nicht wieder auf der Höhe seist."

„Und breitgeschlagen wurde sie aus Regierungskreisen?"

„Ja. Ganz klar aus Canberra."

„Meiner Ansicht nach bin ich hier, um Marla Strickland zu diskreditieren – weil ich lesbisch bin. Zu diesem Thema wird Lucas Britt zu großer Form auflaufen."

„Leute wie er schießen sich doch grundsätzlich auf Lesben und Schwule ein. Sie sind automatisch die Zielscheibe."

„Mark, könntest du noch etwas für mich tun? Ich muß unbedingt wissen, wo Cynthia Huntling ist. Sie ist die Chefin der Sicherheitsfirma, die Strickland Enterprises zu Marlas Schutz engagiert hat, aber sie hat sich in Luft aufgelöst. Ich habe ihren Bruder kennengelernt, doch frage ich mich allmählich, ob sie überhaupt existiert."

„Kleinigkeit", sagte Bourke fröhlich über die erfüllbare Bitte. „Sonst noch was?"

„Du erinnerst dich an die Geschichte mit der Bombe, die letztes Jahr in Paddington in der Frauenklinik hochging. Vor der es die täglichen Demonstrationen von Family First gab, weil dort Abtreibungen durchgeführt werden."

„Sicher. Wir haben niemanden darauf festnageln können."

„Gräbst du mal die Akte aus, Mark? Ich hätte gern eine Liste von allen, die damals verdächtigt wurden."

„Mach ich. Ist das alles?"

„Ja, aber ich brauche sie schnell."

„Du hörst von mir, und paß in der Zwischenzeit auf dich auf, Carol."

Carol spürte ein Stechen in der Seite. „Ich versuch's", sagte sie.

***

Carol, Anne und Marla machten sich schon am Nachmittag auf den Weg zur Oper, obwohl Marlas Auftritt in der Konzerthalle des Opernhauses erst um acht Uhr stattfände. Als sie dagegen protestierte, das komfortable Hotel schon so früh verlassen zu müssen, blieb Carol hart: „Ich will Sie sicher im Gebäude haben, noch ehe jemand Ihre

Ankunft erwarten könnte, denn es wird gemunkelt, daß heute abend mit relativ starken Demonstrationen zu rechnen ist."

Marla, Anne und Carol sowie ein Fahrer vom BKA und ein Leibwächter von Huntling saßen in einer weißen Limousine, während Denise als Lockvogel in einem unauffälligen dunkelblauen Wagen mit getönten Scheiben vorweg fuhr. Bev, Pam und Gary würden später folgen.

Die Fahrt über den Circular Quai an den Fähren vorbei, die betriebsam an- und ablegten, war nur sehr kurz, dann bogen sie zum Bennalong Point ab, der für den allgemeinen Verkehr gesperrt war. Nur Fahrzeuge mit Sonderausweis durften passieren, und der Wachposten kontrollierte sie sorgfältig, ehe er sie durchwinkte.

Die riesigen gewölbten Muscheln, aus denen das Opernhaus bestand, stachen gegen den tiefblauen Himmel ab. Auf drei Seiten umspülte das grünblaue Wasser die asphaltierte Promenade, die um das Opernhaus lief. Auf der vierten Seite sah man das üppige Grün der Royal Botanic Gardens auf dem flachen Sandsteinkliff.

„Wow", rief Marla, „was für ein phantastisches Gebäude, aber ich muß doch nicht all die Stufen hochgehen, oder?"

Grinsend sah Carol zu den breiten terrassenähnlichen Stufen empor, die bis oben zur Glaswand in der ersten Muschel reichten. „Sie können, wenn Sie wollen, aber ich fände es besser, durch den Bühneneingang hineinzufahren, der im Tunnel unter diesen Stufen liegt."

Der Wagen fuhr aus der strahlenden Sonne in ziemliche Dunkelheit und hielt vor dem Eingang zu ebener Erde. Kaum hatte Carol Marla sicher durch den bewachten Bühneneingang zu den Garderoben geschleust, war ihr sehr viel wohler, doch Marla beklagte sich. „Kann ich mir denn nicht mal das Opernhaus ansehen? Ich muß doch wenigstens einen Blick in die Konzerthalle werfen dürfen, in der ich nachher auftrete."

„Anne wird Sie in den Grünen Saal begleiten, wenn Sie etwas essen möchten, denn das Restaurant ist nur beschränkt zugänglich. Aber ehe Sie eine Besichtigung des Gebäudes unternehmen, möchte ich mich erst von den Sicherheitsvorkehrungen überzeugen. Okay?"

Marla blickte unwillig durch das kleine Garderobenfenster auf das glitzernde Wasser des Hafens. Dann drehte sie sich um. „Berühmt sein ist die Hölle", sagte sie grinsend.

Als Carol die cremefarbene Garderobentür hinter sich schloß, dachte sie über Marlas flapsige Bemerkung nach. So viele Menschen beneideten die Berühmten und hätten am liebsten mit ihnen den Platz getauscht. Aber alles hatte zwei Seiten. Selbst Carol hatte ein gespaltenes Verhältnis zu ihrer Bekanntheit durch die Medien, die für sie etwas Gutes und etwas Schlechtes hatte. Von Vorteil war der leichtere Zugang zu Menschen und Informationen, von Nachteil die öffentliche Kritik, der sie ausgesetzt war, besonders nachdem sie sich als Lesbe geoutet hatte, für die Presse ein gefundenes Fressen. Andererseits bekam sie auch Unterstützung und Bestätigung, oft von unvermuteter Seite – wie zum Beispiel von ihrem Sohn, der ihr Lesbischsein nonchalant akzeptiert hatte –, doch wurde sie genauso oft mit Vorurteilen und sogar Haßtiraden konfrontiert.

Apropos Haßtiraden: Selbst in ihrem Hotel in Brisbane waren einige solche Briefe abgegeben worden. „Warum haben Sie dieses Miststück von Strickland gerettet?" so der höflichste von ihnen. „Ist sie auch so ein Kesser Vater wie Sie?"

Als Kriminalkommissarin für knifflige Fälle von großem öffentlichen Interesse war sie persönliche anonyme Attacken gewohnt, nur hatten sich die auf ihre Kompetenz bezogen oder sie der Korrumpierbarkeit verdächtigt oder ihr unterstellt, von Profilierungssucht getrieben zu sein und einseitig zu ermitteln. Daß sie nun wegen ihrer sexuellen Orientierung angegriffen wurde, war für sie neu und beunruhigend.

***

Carol, die mit den Ehrengästen auf der Bühne saß, blickte verstohlen auf ihre Uhr. Wie immer ließ Marla ihr Publikum ein paar Minuten warten, und das erwartungsvolle Murmeln schwoll an. Der Konzertsaal faßte über zweitausendfünfhundert Sitze, und die meisten stiegen relativ steil an, so daß man selbst im Parkett eine gute Sicht auf die große Bühne hatte, auf der im allgemeinen Sydneys Symphonieorchester zu Hause war. Die Ränge waren verschachtelt und zogen sich bis hinauf, darüber hingen von der gigantischen Muschelspitze bizarre akustische Geräte herab.

Zwischen Außen- und Innenmuschel gab es so viele Eingänge zu den verschiedenen Ebenen, daß eine Menge zusätzlicher Polizisten eingesetzt werden mußte. Trotzdem bekam Carol eine Gänsehaut, als Marla jetzt die Bühne betrat und das Publikum applaudierte.

Das Podium war kugelsicher verkleidet. Carol hatte darauf bestanden, daß Marla eine schwere kugelsichere Weste trug. Überall saßen Polizisten im Publikum. An einem solchen Schauplatz konnte Carol ohnehin nicht mehr tun, als Marla höchstens noch hinter Panzerglas auftreten zu lassen – doch diesen Vorschlag hatte sie mit der erwarteten Entrüstung abgelehnt. „Carol, um Gottes willen, ich bin doch kein feministischer Goldfisch!"

Carol betrachtete die Ehrengäste auf der Bühne: feministische Aktivistinnen, hochprofilierte Frauen aus Wirtschaft, Wissenschaft und Politik, darunter der unvermeidliche Joseph Marin. Ob er wohl unter seinem eleganten maßgeschneiderten grauen Anzug eine kugelsichere Weste trug? Wahrscheinlich würde er behaupten, wenn man ihn fragte, was er eigentlich hier zu suchen hatte, daß er um die Stimmen der Frauen bei der nächsten Wahl werben würde, obwohl sich in seinem Wahlkreis eine Menge konservativer Frauen von radikalen Feministinnen womöglich gekränkt fühlten.

Ihre Blicke trafen sich. Er nickte lächelnd. Vor dem Aufmarsch der Ehrengäste war sie einen Moment lang versucht gewesen, Marin mit der Frage zu konfrontieren: „Wieso benutzten Sie Richard Novell, um Druck auszuüben, daß ich als Marla Stricklands Bodyguard abgestellt wurde?" Doch mit Sicherheit würde er die Brauen hochziehen und leugnen, daß er davon auch nur das Geringste wüßte. Und außerdem hatte Bourke gesagt, daß er es bloß hatte munkeln hören...

Mit großer Intensität in der Stimme hielt Marla jetzt ihr Publikum in Bann. Sie sprühte vor Energie, so daß sich am Ende sogar Carol, die sich die ganze Zeit auf potentielle Gefahr konzentriert hatte, mitgerissen fühlte, als Marla ausrief: „Wenn wir Frauen solidarisch zusammenstehen, gibt es nichts, das wir nicht erreichen können. Wir sind kompetent, und gemeinsam sind wir stark!"

Der Abend war ein Triumph. Danach war Marla völlig high und freute sich ausgelassen über ihren Erfolg. In der Garderobe wurden Champagnerflaschen entkorkt, und auf einmal sehnte sich Carol danach, mit Madeline zu sprechen, sie zu sehen und zu berühren.

„Carol! Können Sie sich nicht mal ein Gläschen Champagner gönnen?"

„Nicht solange ich im Dienst bin", erklärte Carol in bewußt amtlichem Ton.

Bev Diaz ließ sich zu einem Lächeln hinreißen. „Könnten Sie sich nicht mal bestechen lassen?“

„Die meisten Menschen haben ihren Preis“, warf Pam säuerlich ein. Sie hielt ein Glas Wasser in der Hand und trank demonstrativ einen Schluck, ehe sie fragte: „Was ist Ihrer, Carol?“

„Was auch immer, bis jetzt bekam ich ihn nicht geboten“, antwortete sie aufgekratzt.

Pam ließ sich davon nicht anstecken. „Täten Sie alles, um Ihr Leben zu retten?“ fragte sie ernst.

Carol, die unter der schweren kugelsicheren Weste schwitzte, sagte salopp: „Na sicher, ich hab' ja nur das eine.“

„Ist es nicht Ihre *Pflicht* zu sterben, wenn Sie Marla dadurch retten?“ bohrte Pam unfreundlich.

„Das steht nicht in meiner Dienstanweisung –“

Sid unterbrach sie und zog sie am Arm. „Kann ich Sie draußen sprechen?“ Seit sie ihn zur Rede gestellt hatte, war er äußerst cool und tat, als wäre nichts geschehen.

Anne wartete auf dem Korridor. „Carol, im Hotel gab es einen Zwischenfall...“

„Eine Bombe?“

Sid grinste. „So was Dramatisches nicht gerade. Eine Gruppe Skinheads hat das Personal verprügelt und das Foyer zerlegt. Ein paar wurden verhaftet, aber ich glaube, es wäre besser, wenn sich Marla hier noch eine halbe Stunde die Beine in den Bauch steht.“

„War es Zufall, oder hatten sie es auf Marla abgesehen?“

„Kein Zufall“, erklärte Sid, „wenn man bedenkt, was für garstige Sprüche über Frauen im allgemeinen und Ms. Strickland im besonderen sie an die Wände gesprüht haben.“

***

Die Familiy First-Demonstranten waren schon lange abgezogen, und außer einigen Pärchen, die auf der Promenade spazierengingen, um die Harbour Bridge und die riesigen gefliesten Segel des Opernhauses zu betrachten, war der Vorplatz praktisch leer, als die Limousine aus dem schützenden Tunnel fuhr. Carol und Marla folgten dem eskortierenden Wagen. Am Kontrollhäuschen hielten sie hinter der Eskorte an, und ihr Fahrer sah über die Schulter. „Erfolgreicher Abend, meine Damen?"

Ehe sie antworten konnten, krachte es, und er sackte mit einem Ächzen gegen den Leibwächter von Huntling.

„Runter", schrie Carol, ohne sich erst von dem Loch in der Windschutzscheibe oder den Blutspritzern darauf zu überzeugen.

„Mein Gott!" sagte der Leibwächter. „Oh, mein Gott!" Wieder krachte es, und er verstummte.

Carol hatte Marla zu Boden gestoßen und sich über sie geworfen. Was nützte ihr der Revolver in dieser Situation, auch wenn ihr die Waffe in der Hand ein kleiner Trost war? Das Herz schlug ihr im Hals. Obwohl das Auto keinen ausreichenden Schutz bot, war es doch besser als nichts, selbst wenn Hochgeschwindigkeitsgeschosse das Metall einfach durchschlagen konnten, selbst wenn ihre kugelsicheren Westen gegen derart tödliche Geschosse keine genügende Sicherheit boten und nichts ihre Köpfe schützte. Carol schloß die Augen, und sofort erinnerte sich sich wieder an den lähmenden Schmerz der Schußwunde, die sie erhalten hatte.

„Carol? Sind Sie verletzt?"

Denise riß die Tür auf, sie war völlig außer Atem. „Alles okay. Sie sind weg."

Langsam erhob sich Carol und half Marla aus dem Wagen, indem sie ihr die Sicht auf die Vordersitze versperrte.

Jemand öffnete die Fahrertür und beugte sich hinein. Eine Sirene heulte in der Ferne. „Sind sie tot?"

Der Mann nickte düster. „Ja. Kopfschuß. Beide."

Marla taumelte, als Carol sie behutsam zu Anne schob. „Bringen Sie sie ins Hotel und rufen Sie einen Arzt."

Kreideweiß starrte Marla sie mit aufgerissenen Augen an. Das Blut aus der Kopfwunde des Fahrers war auf ihre Wange gespritzt. „Ich brauche keinen Arzt."

Carol tätschelte ihr sanft die Schulter. „Bitte, Marla, keine Diskussionen. Nicht jetzt." Sie sah dem Wagen nach, dann fragte sie Denise: „Wo war er?"

„Komisch, daß wir nie vermuten, ein Scharfschütze könnte eine Frau sein", entgegnete Denise, indem sie auf die Sandsteintreppe deutete, die das flache Kliff hinauf zu dem Schmiedeeisenzaun führte, der den Botanischen Garten umgab. „Dort stand ein BKA-Mann, für den Fall. Der Scharfschütze, oder ein Begleiter, hat ihn erdrosselt."

Carols Herzschlag normalisierte sich langsam, und sie verspürte plötzlich ein bekanntes Gefühl: Kalter Zorn wappnete sie für den Kampf. „Diese Skinheads im Hotel sollten uns so lange aufhalten, bis der Verkehr sich gelegt hatte, um das Zielen zu erleichtern." Sie sah auf die beiden Leichen auf dem Vordersitz. „Wer immer da geschossen hat, war Experte genug, zwei Kopfschüsse zu plazieren, warum ist Marla dann nicht tot? Das teleskopische Nachtsichtgerät hätte ein klares Ziel ergeben, und selbst die Salve einer Maschinenpistole hätte sie erwischt."

„Mangel an Zeit? Gleich nach dem ersten Schuß sind die Polizisten aus dem Wagen gestürzt und losgerannt."

Carol schüttelte den Kopf. „Ich glaube, sie wollen noch immer, daß Marla lebt – im Augenblick jedenfalls."

15

Als sie wieder im Hotel war, rief Carol Tante Sarah an. „Ja, ich dachte mir, daß sie es in den Spätnachrichten bringen würden. Ich bin sicher, daß Justin von Bali anrufen wird – bestimmt kommt es auch dort in den Nachrichten. Könntest du mit David sprechen? Sag ihm, daß es mir gutgeht und ich ihn anrufe, sobald ich kann.“

Carol faßte sich kurz und wählte danach Madelines Nummer. „Madeline, ich bin's –“

„Bist du unverletzt?“

„Es geht mir gut. Wir halten jetzt Kriegsrat ab. Ich rufe dich morgen früh an.“

„Carol, bitte, ruf mich an, sobald es geht, egal wie spät es ist, ja?“

Kaum hatte Carol aufgelegt, läutete das Telefon. Sie seufzte genervt, und Bev sagte: „Schon gut, Carol, ich nehme es mit ins Nebenzimmer und notiere sämtliche Anrufe, wenn Sie wollen.“

Carol nickte erschöpft. „Danke. Das wäre sehr nett.“

Die Tranquilizer hatten Marla nicht beruhigen können. Rastlos gesellte sie sich zu ihnen ins Wohnzimmer der Penthouse-Suite, ihr Haar war zerzaust, sie hatte ihren Morgenmantel aus Satin fest um sich geschlungen, als friere sie. „Er sagte etwas zu uns, und dann war er tot...“ Sie starrte Keil Huntling an, der ins Hotel geeilt war, nachdem er von den Schüssen erfahren hatte. „Es tut mir so leid, was passiert ist. Ich war es, die sie erschießen wollten."

Pam Boyle legte ihr steif den Arm um die Schultern. „Komm mit und leg dich hin. Der Arzt hat gesagt –"

„Mich interessiert nicht, was der Arzt gesagt hat!" Marla stieß ihren Arm weg. „Hol mir lieber einen Drink, ja?"

Pam sah sie unentschlossen an, und Carol sagte: „Ich hole ihn. Setzen Sie sich, Marla." Sie schenkte ihr einen Wodka-Tonic ein und einen Whisky on the rocks für sich selbst. Marlas Hände zitterten, und so stellte Carol das Glas vor ihr auf den Tisch. „Heute können wir alle einen Drink gebrauchen", erklärte sie und nickte Sid und Denise zu, die bereits ein Bier und einen Wodka-Orange vor sich stehen hatten. „Das ist Ihnen doch hoffentlich recht."

Marla nickte erstarrt. „Sicher."

Keil Huntling lehnte einen Drink ab und saß vornübergebeugt da, die Hände zwischen den Knien gefaltet. „Kommissarin Ashton will, daß Huntling Security nicht mehr involviert ist", sagte er zu Marla, „aber ich möchte Sie daran erinnern, daß wir einen Vertrag haben."

„Damit kann ich mich jetzt nicht befassen. Wenden Sie sich an Bev..."

„Wo ist Ihre Schwester, Mr. Huntling?"

Carols Frage brachte Huntling in Verlegenheit, er fingerte am Knoten seiner Krawatte, als sei sie zu eng. „Sie ist momentan nicht erreichbar, und ich sehe auch nicht Ihren Punkt –"

„Der Punkt ist, daß Cynthia Huntling sämtliche Sicherheitsvereinbarungen für die Vortragsreise getroffen hat und danach verschwunden ist."

Er lehnte sich zurück und lachte auf. „Gott! Sie glauben wahrscheinlich an eine Konspirationstheorie. Das ist reichlich weithergeholt, Kommissarin."

„Vier Menschen sind tot, Mr. Huntling. Einer davon war Ihr Mitarbeiter."

Das ernüchterte ihn augenblicklich. „Cynthia ist nicht zu sprechen. Sie ist in den Staaten." Und als Carol ihn durchdringend anstarrte, polterte er los: „Ich begreife nicht, wieso der Aufenthaltsort meiner Schwester in diesem Punkt relevant ist."

„Nach meiner Information befindet sie sich in einer religiösen Kolonie in Colorado. Stimmt das?"

„Ja, aber –"

„Und wem gehört diese Kolonie, Mr. Huntling?"

„Einer Kirche."

„Es ist die Kirche nach Gottes Begehren, nicht wahr?" bohrte Carol weiter. „Die Sekte von Dr. Lucas Britt."

„Ja, aber –"

„Bitte, begleiten Sie Kriminalmeisterin Newsome ins Nebenzimmer. Sie hat ein paar Fragen an Sie und wird Sie für morgen ins Präsidium vorladen, um Ihre formelle Aussage zu machen." Er machte Anstalten, sich zu weigern, doch Carol erklärte kurz angebunden: „Dies ist eine Morduntersuchung, Mr. Huntling."

Ungläubig starrte ihm Marla nach. „Huntling Security hat mit Lucas Britt zu tun?"

„Scheint so", sagte Sid. „Wir bekamen einen Hinweis von Carols Mitarbeiter und haben in den USA nachgeforscht."

Marla drehte sich zu Pam um, die neben Gary saß. „*Du* hast mit Cynthia Huntling verhandelt, Pam."

„Auf deinen Wunsch, Marla", antwortete sie bestimmt. „Du hast mir gesagt, sie sei die einzige Frau, die in Australien ein Sicherheitsunternehmen leite, das den Service gewährleisten könnte, den du wünschtest."

Kraftlos sank Marla in den Sessel zurück. „Ja, ich glaube, ich erinnere mich..."

„Wir reden morgen weiter“, erklärte Carol, „aber wir haben vorhin beraten, wie es um die Fortsetzung Ihrer Vortragsreise steht. Wir sind überein gekommen, daß Sie alles Weitere absagen sollten. Es ist sinnlos, daß Sie Ihr Leben weiterhin in Gefahr bringen.“

Marla seufzte tief. „Ich bin einverstanden, was die öffentlichen Auftritte anbelangt, aber ich werde diese Fernsehdebatte bestreiten und alle anderen Fernsehauftritte.“

Gary, der im Sessel lümmelte, gab sich jetzt einen Ruck. „Wir sollten in die Staaten zurückkehren, gleich morgen.“

Marla trank einen großen Schluck Wodka, ehe sie sagte: „Ich bleibe. Du kannst ja fahren, wenn du willst.“

„Die haben es doch nicht auf mich abgesehen.“ In seiner Stimme lag ein Anflug von Zufriedenheit, und Carol dachte, was für eine widerliche kleine Zecke er war, sagte aber nichts, denn das ging sie schließlich nichts an.

Marla trank ihr Glas aus und starrte hinein. „Sie haben niemanden gefaßt?“

„Nein“, antwortete Sid etwas kleinlaut. „Die ganze Gegend ist abgeriegelt worden, doch ich bin sicher, daß er längst über alle Berge gewesen ist.“ Gähnend streckte er sich. „Ich denke, wir sollten für heute Schluß machen. Momentan können wir ohnehin nichts tun.“ Er beugte sich hinüber und tätschelte Marlas Knie. „Seien Sie unbesorgt, in diesem Hotel sind mehr Polizisten als Gäste.“

Denise hatte untypischerweise bisher kein Wort gesagt und nickte nur müde, als Carol fragte: „Kann ich Sie noch kurz sprechen, bevor Sie gehen?“

Als sie allein waren, sagte Carol zu ihr: „Ich möchte wissen, ob es eventuell eine Verbindung zwischen Joseph Marin oder Richard Novell und Dr. Lucas Britt gibt.“

Überrascht sah Denise sie an. „Wenn dem so sein

sollte, hat die Überprüfung von ASIO es nicht herausgefunden."

„Und das hätte sie, nicht wahr?" fragte Carol mit grimmigem Lächeln. „Trotzdem möchte ich eine Liste der Telefongespräche sowohl vom Privat- wie Firmenapparat der Huntlings. Ebenso von Joseph Marin, Richard Novell und Lucas Britt. Mich interessieren die letzten zwei Jahre, vor allem die Auslandsgespräche nach und von den USA."

Denise spitzte die Lippen. „Herrje, Carol, da muß ich ganz oben anklopfen... Marin ist ein ziemlich großer Fisch, und wenn er dahinterkommt, ist der Teufel los –"

„Tun Sie's!"

„Na gut." Denise grinste. „Nichts täte ich lieber, als unseren Kulturminister auf etwas anderes als schlechten Geschmack festzunageln. Bisher war er eher teflonbeschichtet."

„Da ist noch eine Sache –"

„Nur eine?" mokierte sich Denise.

„Mark Bourke erstellt eine Liste der Personen, die mit dem Bombenattentat letztes Jahr auf die Frauenklinik in Paddington in Verbindung gebracht wurden. Ich möchte, daß sämtliche Telefonverzeichnisse auf diese Namen hin abgeklopft werden."

„Ist *das* alles?"

„Ich möchte es gern so schnell wie möglich."

„Natürlich möchten Sie das", sagte Denise.

***

Madeline klang kein bißchen verschlafen. „Carol, schön, daß du anrufst. Ich habe mir die letzten Nachrichten angesehen – du warst fast in der Schußlinie."

Ihre Besorgnis tat Carol gut, aber sie sagte salopp: „Nur fast."

„Ich schätze, dich heute nacht noch zu sehen, ist reines Wunschdenken."

„Ganz ausgeschlossen. So wie die Dinge stehen, werde ich bei Marla bleiben, bis sie das Land verläßt."

„Also bleibt mir nur meine Erinnerung..." Madeline seufzte theatralisch.

Obgleich sie für ein ernsthaftes Gespräch viel zu müde war, hörte Carol sich fragen: „Madeline, wie ernst ist diese Sache für dich?"

Schweigen, dann: „Ernst."

„Hast du mal an deine Karriere gedacht? Ich habe mich geoutet, ob ich's wollte oder nicht. Du aber nicht."

„Jetzt mach mal halblang, Carol", protestierte Madeline, „ist das nicht momentan ein etwas schwieriges Thema?"

„Es ist etwas, das wir diskutieren müssen, aber du hast recht, dies ist wohl kaum der richtige Zeitpunkt."

Nachdem sie aufgelegt hatte, klangen ihr Madelines Worte noch lange in den Ohren: „Darling, wenn es wesentlich ist, können wir eine Lösung finden."

16

Über der schwarzen Hose trug Carol ein loses langärmliges Hemd, das den gehalfterten Revolver verbarg. Zum Glück hatten weder Marla noch sie ihre kugelsicheren Westen an, denn unter den Scheinwerfern im Studio herrschte brütende Hitze.

Madeline kam herüber. „Ich habe Charlie, meinem Aufnahmeleiter, gesagt, daß du stehen kannst, wo du willst, solange du den Kameras nicht im Weg bist."

Energisch verdrängte Carol die Erinnerung, wie Madeline in ihren Armen gelegen hatte, und kehrte die kühle Kommissarin heraus, eine Rolle, mit der sie am besten zurechtkam. „Daß dies eine Live-Sendung ist, beunruhigt mich sehr, Madeline. Denn so weiß Wellspring genau, wo und wann."

So weiß Joseph Marin genau, wo und wann. Denise hatte einige Tage gebraucht, doch dann hatte ASIO die von Carol angeforderten Listen aller Telefongespräche einer ersten Überprüfung unterzogen, die sehr aufschlußreich war. Sie hatten daraufhin nichts unternommen, um unter den potentiellen Mitgliedern Wellsprings keinen Aufruhr zu entfachen, nur die Hauptbeteiligten wurden rund um die Uhr observiert. Aber natürlich waren weitere nicht identifizierte Wellspring-Agenten am Werk...

Die Scheinwerfer ließen Madelines kupferrotes Haar

aufflammen und betonten ihre markanten Kiefern. Das blaue Kleid vertiefte die Farbe ihrer grauen Augen. „Wo und wann ist ja schön und gut, nur würde ich mir eher den Kopf über das *Wie* zerbrechen, wenn ich Wellspring wäre. Das ganze Studio ist hermetisch abgeriegelt, nicht nur wurde es gleich zweimal auf Bomben hin untersucht, sondern auch jede Person hier drinnen genauestens unter die Lupe genommen und jede Tasche sorgfältig umgekrempelt. Wenn nicht jemand Marla vor unseren Augen erwürgt, weiß ich nicht, wie man sie angreifen könnte." Sie grinste ironisch. „Möchtest du etwa, daß ich die Wassergläser gegen Pappbecher austauschen lasse, falls Dr. Britt beabsichtigt, eines kaputtzuschlagen und ihr damit an die Kehle zu gehen?"

Carol blieb stur. „Bei diesem Interview ist mir überhaupt nicht wohl."

„Carol, ich werde es keinesfalls abblasen. Und nicht nur, weil es phänomenale Einschaltquoten bekommen, sondern auch weil hier aufregendes Fernsehen gemacht wird. Und genau das will ich und zwar in *meiner* Sendung."

„Im Fall einer Gefahr sitzt du mittendrin."

„Wenn ich's nicht besser wüßte, würde ich glauben, du bist um mich besorgt."

Carol lächelte nicht über Madelines Stichelei. „Ich bin besorgt, sehr sogar."

Madeline strich ihr flüchtig über die Hand. „Für mich besteht keine Gefahr."

„Madeline, hör mir zu", redete Carol eindringlich auf sie ein. „Wellspring wollte Marla bisher gar nicht umbringen. Die Öffentlichkeit war nicht groß genug. Aber die bisherigen Mordanschläge, die vier Toten... all das zielt genau darauf ab, von jetzt an alles, was Marla Strickland passiert, zu einer Sensation aufzubauschen, zu einem totalen Medienknüller. Diese Sendung heute abend wird doch sicher auch in den USA übertragen, oder nicht?"

Madeline nickte zögernd. „Nicht nur in den USA, die Senderechte wurden in alle Welt verkauft, vor allem nach Europa."

Carol rieb sich die Stirn, als könne sie ihre Überzeugung abwischen, daß sie irgend etwas übersehen hatte. „Begreifst du denn nicht, daß sich Wellspring keine perfektere Bühne für eine Exekution bieten könnte als diese Sendung? Lucas Britt verdammt sie vor aller Welt, und dann bringt jemand sie um."

„In einer Direktübertragung im Fernsehen? Wer? Lucas Britt höchstpersönlich? Jemand aus Marla Stricklands Team? Einer von meinen Mitarbeitern? Jede Person, die hier im Studio arbeitet, ist durchsucht und überprüft worden, und außerdem arbeite ich mit meinem Team seit vielen Jahren zusammen. Ich vertraue jedem einzelnen von ihnen."

Wie ein Kloß saß Carol die Gewißheit in der Kehle. „Ich weiß nicht *wer*, nur daß Britt es nicht selbst tun wird – er wird jemand anders benutzen. Und ich weiß auch nicht *wie*. Denn Waffen gibt es hier keine. Ich habe alles, was eine Bedrohung sein könnte, entfernen lassen." Sie lächelte kurz. „Ich bin sogar so paranoid gewesen, daß ich schon vermutet habe, Essen und Trinken könnte vergiftet sein oder tödliches Gas durch die Ventilation ins Studio geblasen werden."

„Carol, mein Schatz", sagte Madeline zärtlich. „Wenn das hier erst vorbei ist..."

„Du weißt ja nicht, wie sehr ich mir wünsche, daß Marla und ihre Leute wohlbehalten im Flugzeug über dem Pazifik sitzen."

„Nicht im Entferntesten so sehr wie ich", sagte Madeline mit listigem Grinsen. „Ich wüßte nämlich liebend gern, wie du bist, wenn ich deine volle Aufmerksamkeit habe."

***

So vernünftig wie möglich sagte Carol zu Marla: „Ich möchte, daß Ihr Team in den Regieraum geht. Dort können Sie Ihre Leute sehen und sprechen, aber sie wären nicht hier im Studio."

Sichtlich nervös trat Marla von einem Fuß auf den anderen und drückte ihre Ledermappe wie einen Talisman an die Brust. „Ich will nicht, daß Sie irgendwas ändern, Carol. Während der Werbeeinblendung will ich mit Bev reden können, vielleicht habe ich auch Fragen, die nur Pam beantworten kann..." Gereizt hob sie die Hand. „Sehen Sie, das ist mir wichtig, und ich will alles so haben wie immer, okay?."

„Gary brauchen Sie nicht."

„Herrje!" explodierte Marla. „Hören Sie schon auf, Carol!"

***

Carol stand so nahe wie möglich am Szenenaufbau, der aus einer langen, halbrunden cremefarbenen Tischplatte auf poppigen Säulen bestand. In der Mitte saß Madeline, linkerhand Lucas Britt, rechts von ihr Marla Strickland. Im Dunkel dahinter saß Britts Assistent, ein untersetzter Mann mittleren Alters in zu engem blauen Anzug, mit verschränkten Armen auf einem Leichtmetallstuhl an der Wand. Pam Boyle und Bev Diaz standen in seiner Nähe, während Gary sich einen ramponierten Sessel im Hintergrund des Studios ergattert hatte.

Indem sie die Schultern ein wenig dehnte, um die Verspannungen zu lösen, versicherte sich Carol noch einmal, daß Anne sich auf der anderen Seite in Lucas Britts Nähe befand, daß Denise im Regieraum stand und Sid mit einem seiner Männer an der Studiotür.

Auf dem Monitor endeten jetzt die Nachrichten, ein älterer bekannter Nachrichtenmoderator raffte in typischer Manier seine Unterlagen zusammen, während er sich verabschiedete. Nun folgte die Ankündigung der bevorstehenden Debatte und die Werbeeinblendung der Autofirma – als Sponsor der Sendung.

Entsprechend der Anweisung aus der Regie, die die Kameraleute über Kopfhörer erhielten, fuhr eine Kamera nach vorn, die anderen zurück. Der Aufnahmeleiter machte ein paar Schritte über den Kabelsalat am Boden und gab Madeline ein Zeichen: „Zehn Sekunden", dann begann er den stummen Countdown an den Fingern abzuzählen. Auf sein Zeichen hin lächelte Madeline, und Carol konnte sich vorstellen, daß sie mit ihrem spürbaren Charme die Herzen unzähliger Leute vor dem Bildschirm höher schlagen ließ. In ihrer Einleitung stellte sie ihre Gäste vor, skizzierte kurz ihr Leben und erläuterte den Ablauf der Debatte: Jeder Gast sollte als Einleitung eine kurze Erklärung abgeben, dann würde Madeline die zur Diskussion stehenden Themen moderieren. Vor der Sendung hatte das Los entschieden, wer von beiden zuerst sprechen würde, und Britt hatte gewonnen. „Der Wille Gottes", hatte er bemerkt.

Im vollen Licht der Studioscheinwerfer umrahmte sein weißes Haar Lucas Britts freundliches Gesicht wie ein Heiligenschein, sein Gesicht war gerötet, sein Lächeln von heiterer Gelassenheit.

„Es ist Gottes Wille", begann er gütig, „daß ein jeder Mensch seine oder ihre Rolle im Lebensgefüge spielt, das der Allmächtige zu unserer Glückseligkeit erschaffen hat." Jetzt wurde seine Stimme strenger: „Warum also leiden Gottes Geschöpfe? Warum erfolgt ein schreckliches Verbrechen nach dem anderen? Tagtäglich hören wir vom Zerfall der Gesellschaft, vom abscheulichen Mißbrauch von Kindern, hören, wie alte Menschen von ihren Kindern in Stich gelassen werden..." Er machte eine Pause, dann fuhr sein Arm hoch, er zeigte auf Marla und rief dramatisch: „Wegen dieser Frau! *Und* anderen wie sie. In ihrer Überheblichkeit glauben sie den von Gott bestimmten Weg verlassen zu können. Doch das können sie nicht!" Er nahm den Arm herunter und schüttelte bekümmert das Haupt. „Diese Frauen heben die natürliche Ordnung Gottes aus den Angeln, und die Folge ist das Chaos."

Marla hatte mit erhobenem Kopf unbewegt zugehört. Ihrem Gesicht konnte Carol nicht eine Spur von Nervosität entnehmen, nur ihre Finger spielten mit der Ecke ihrer Ledermappe. Jetzt leuchtete die rote Lampe der Kamera auf zum Zeichen, daß sie im Bild war, und das bekannte selbstbewußte Lächeln trat auf ihre Lippen. „Ich möchte zu Ihnen über Selbstachtung sprechen. Etwas, das das Geburtsrecht eines jeden Individuums sein sollte. Aber die Selbstachtung kann sich schnell verflüchtigen, wenn wir ignoriert werden, wenn wir verletzt werden, wenn wir sehen, wie andere Menschen unsere Möglichkeiten beschneiden und uns übervorteilen. Und das erfahren in unserer Kultur Millionen von Menschen – aus einem einzigen Grund, weil sie Frauen sind." Sie schwieg einen Moment. „Was ist die logische Erklärung dafür? Die Rechtfertigung dafür, daß die Hälfte der Bevölkerung unserer Erde derart verunglimpft wird? Fragen Sie die von Männern dominierten Religionen." Wieder erfolgte eine nachdrückliche kleine Pause, dann fuhr sie fort: „In unserer Gesellschaft hat *jede* Frau schon die Erfahrung gemacht, daß ihr die Selbstachtung abgesprochen, verwehrt wird, daß sie weniger wichtig, weniger erwünscht, weniger wert, weniger fähig ist. Das ist die Lüge, die zerstört werden muß."

Nun deutete Marla mit der offenen Hand auf Lucas

Britt. „Die sogenannte natürliche Ordnung, von der Dr. Britt sagt, daß wir ihr folgen müssen, ist nicht im geringsten natürlich. Denn sie basiert auf der Versklavung eines Geschlechts, die raffiniert als Religion getarnt wird. Machen wir uns nichts vor: Unabhängigkeit, Erziehung und Bildung, Freiheit – all das ist in Dr. Britts idealer Welt den Männern vorbehalten. Sagen Sie das Ihren Schwestern, sagen Sie das Ihren Töchtern: Wenn wir nicht zusammenstehen, wenn wir nicht die Kräfte bekämpfen, die uns schwach halten wollen, werden wir unser Leben lang weniger Macht, weniger Geld, weniger Freiheit haben..."

Nach Marlas einleitender Erklärung richtete Madeline eine Frage an Lucas Britt. Sie ließ ihn ausreden, doch bevor er von der Frage auf ein anderes Thema überleiten konnte, unterbrach sie ihn geschickt und wandte sich an Marla.

Kaum hatte Marla geantwortet, signalisierte der Aufnahmeleiter, daß jetzt eine Werbeunterbrechung erfolgte. Sobald die Werbung auf dem Monitor erschien, lockerte sich die angespannte Arbeitsatmosphäre im Team schlagartig. Madeline stand auf, um sich den Rock glattzustreichen. Gary hievte sich aus dem Sessel, kam nach vorn, um den Szenenaufbau in Augenschein zu nehmen. Marla drehte den Kopf, als Bev sagte: „Bei deiner Antwort hast du gerade etwas Wichtiges vergessen. Die statistischen Zahlen sind in deiner Mappe."

Marla blätterte die Papiere durch. „Wo? Komm, zeig's mir."

Bev zog die Augenbrauen hoch, als Carol mit ihr nach vorn an den Tisch trat. „Sie vertrauen mir nicht, Carol? Glauben Sie, daß ich Marla im australischen Fernsehen einen Karateschlag versetze?" Sie drehte Carol den Rücken zu und nahm Marla die Mappe aus der Hand. „Hier, das meinte ich – daß die Wissenschaft bezüglich der Gesundheit von Frauen zu abweichenden Ergebnissen kommt. Du mußt darauf hinweisen, daß sich diese Forschung nur auf *Männer* bezieht, nicht auf Frauen..."

„Zehn Sekunden", rief der Aufnahmeleiter, und das Team konzentrierte sich augenblicklich.

Bev gab die Mappe zurück. „Marla, ich bleibe in der Nähe und helfe dir während der nächsten Werbung." Sie trat zurück, bis sie gerade aus dem Lichtkegel der Scheinwerfer war.

Bei der nächsten Frage griff Lucas Britt unvermittelt Marla Stricklands Sympathisantinnen an: „Sie wird von abartigen Frauen unterstützt, von Lesben, die Männer hassen, von kinderlosen Frauen, deren verkümmerte Seelen die Mütter beneiden und all jene Frauen, die sich zufrieden und durch die Autorität ihrer Männer beschützt fühlen –"

In diesem Moment nahm Carol eine Bewegung wahr. Pam Boyle schob sich behutsam an Bev Diaz heran. Sie flüsterte ihr etwas zu, und dabei fiel Carol das Gespräch mit Madeline vor der Sendung ein. Was hatte sie gesagt? „Jede Person hier drinnen wurde genauestens unter die Lupe genommen und jede Tasche sorgfältig umgekrempelt..."

Aber das stimmte nicht. Marla Strickland, als potentielles Opfer, war nicht unter die Lupe genommen, ihre Sachen waren nicht sorgfältig untersucht worden. Und das einzige, was sie ins Studio mitgenommen hatte, war eine schwarze Ledermappe...

Marla parierte Lucas Britts Angriff, indem sie mit leidenschaftlicher Überzeugung direkt in die Kamera sprach, als spräche sie zu einer realen Person. Carol sah die schwarze Mappe geöffnet vor ihr auf dem Tisch liegen.

Sie hat die Waffe, mit der sie ermordet werden soll, selbst ins Studio gebracht.

Carol und Bev Diaz setzten sich fast gleichzeitig in Bewegung, aber Carol war zu weit entfernt.

Überrascht drehte Marla den Kopf, als Bev plötzlich hinter sie sprang. Die Klinge eines Stiletts blitzte auf und zielte auf Marlas Hals.

Von der anderen Seite des Tisches war Carol nach vorn gestürzt. Ihr Arm holte aus – wie bei einer Rückhand im Tennis – und versuchte verzweifelt, aus der Entfernung die Waffe abzulenken.

Die Klinge traf ihren Unterarm durch die dünne Baumwollbluse, verfehlte aber nicht ganz ihr Ziel. Carol sah, daß Blut aus Marlas Schulter tropfte.

Marla schrie auf und riß schützend die Arme hoch. Doch das war sinnlos. Bev holte zum nächsten Stich aus.

Carol warf sich über den Tisch, bekam Bev am Kragen ihres Polohemdes zu fassen und riß sie mit aller Kraft zu sich nach vorn. Bev zielte auf ihre Augen.

Carols Kopf wich dem Stilett aus, das ihr die Wange aufschlitzte. Rasend vor Zorn packte sie Bev beim Schopf und knallte sie auf den Tisch. Bev wehrte sich wild und ruderte mit der blutigen Waffe herum. Carol versetzte ihr einen Handkantenschlag aufs Gelenk, das Stilett fiel auf den Tisch.

„Wir haben Sie, Carol!"

Anne packte Bev, Sid war zur Stelle, und sie drückten Bev mit dem Gesicht auf den Tisch, während sie ihr Handschellen anlegten. Da erst merkte Carol verdutzt, daß ihr Ärmel blutig war. Das Blut rann ihr den Arm entlang und die Finger herab auf den Boden.

„O Darling..." Madeline schlang den Arm um sie. „Du blutest –", sie gab einen etwas hysterischen Lacher von sich, „über meinen ganzen Szenenaufbau."

17

Carol blickte sich in der lichtdurchfluteten Penthouse-Suite um. Statt in dieser letzten Aufklärungssitzung für Marla wäre sie lieber draußen in Sonne und Wind gewesen, zusammen mit ihrem Sohn und seiner kindlichen Unschuld, hätte am liebsten hinterhältige Gedanken und engstirnigen Neid ignoriert und das Wissen verdrängt, daß irrationaler Haß normale Menschen zu rachsüchtigen Mördern machen konnte, die sich einreden ließen, sie stünden über den Gesetzen, indem sie den Willen eines unbarmherzigen Gottes ausführten.

Sie betrachtete die um den Tisch Versammelten: Anne Newsome, die still und aufmerksam dasaß; Pam Boyle, die auf ihrem Stuhl zusammengesunken war; Sid Safer, der lässig mit aufgeknöpftem Jackett breitbeinig im Sessel lümmelte; Gary, dessen Finger ungeduldig auf den Tisch trommelten; Denise, die entspannt und fröhlich wirkte. Etwas abseits auf dem Sofa kauerte Marla, den Arm in der Schlinge, und starrte aus dem Fenster auf den Hafen.

„Also“, begann Denise, „wir haben aufgedeckt, daß Wellspring auf eine internationale Verschwörung abzielte, ihr Fußvolk rekrutierten sie aus fundamentalistischen religiösen Organisationen, die sich zum gerechten Kampf gegen Abtreibung, Feminismus, die Gleichberechtigung der Frauen sowie der Lesben und Schwulen aufgerufen fühlten, Wellsprings Führer aber hatten sehr viel weitergehende politische Ambitionen – ihnen ging es um Macht. Und die wachsende fundamentalistische Strömung bestärkte sie darin, ihre Wählerschaft im konservativen Lager zu suchen." Sie deutete auf Carol. „Leider, und das ist peinlich, versagten sowohl das Bundeskriminalamt als auch der Geheimdienst, Joseph Marin, dem Führer der australischen Fraktion, auf die Schliche zu kommen. Mitglieder seines Netzwerks waren gleichgesinnte Individuen, wie Cynthia und Keil Huntling, aber auch rechte Vereinigungen bis hin zu rechtsradikalen Gruppen – allerdings hatten die meisten von ihnen keine Vorstellung, wie gewalttätig Wellspring in Wirklichkeit war."

„Also hatten Sie recht, Carol." Sid Safer klang durchaus nicht erfreut. „Da haben Sie Glück gehabt."

„Und Sie haben den Braten nicht gerochen, Sid? Überrascht es Sie, daß jemand vom Landeskriminalamt klüger sein könnte als Sie? Oder ist es die Tatsache, daß es eine Frau ist?"

Marla drehte den Kopf und warf ein: „Vielleicht ist Sid sauer, weil Carol obendrein eine lesbische Frau ist."

„So ein Quatsch!"

Marla schwang ihre Füße vom Sofa. „Ich habe einiges mitgekriegt, was Sie gesagt haben, Sid, zum Beispiel zu Gary. ‚Mannweib' war noch Ihre netteste Bezeichnung."

Sid sah sie versteinert an. „Dies ist eine freie Welt, Marla, ich kann sagen, was ich will." Er verschränkte die Arme und lehnte sich zurück.

„Sie sind ein Dinosaurier, Sid", warf Denise grinsend ein, „und können gar nicht schnell genug aussterben."

Mit bleichem bekümmerten Gesicht setzte sich Marla behutsam auf den leeren Stuhl zwischen Anne und Pam. „Ich möchte alles über Bev wissen. Ich hätte ihr mein Leben anvertraut."

Carol nickte Anne zu, die ihre Papiere zusammenschob und formell erklärte: „In Beverly Diaz' Familiengeschichte gab es wiederholt Fälle von Alkoholismus, und sie hatte große Angst vor der Selbstzerstörung, die sie bei ihrer Mutter erlebt hatte. Sie ging zu AA-Treffen und trat einer Selbsthilfegruppe bei für Familien, in denen fortgesetzt Alkoholmißbrauch betrieben wurde. Dann hörte sie von Sucht- und Drogenkliniken der Kirche nach Gottes Begehren und nahm dort an einem Wohngemeinschaftsprogramm teil, dann engagierte sie sich sehr in der Kirche und arbeitete dort mit. Als intelligente, aber emotional labile und besessene Frau eignete sie sich bestens zur Indoktrination. Sie hat uns ausführlich berichtet, wie man sie rekrutiert, trainiert und getarnt hat, um sich als Maulwurf bei Strickland Enterprises einzuschleichen. Und da sie außerordentliche Erfahrungen und Erfolge im Management vorzuweisen hatte, wurde sie ohne weiteres engagiert." Anne sah Marla an. „Sie sagte, daß sie Sie wirklich gern gehabt und bedauert hätte, Sie umbringen zu müssen."

„Was für ein Trost." Marla versuchte zu lächeln.

„Es war alles von langer Hand geplant", fuhr Carol nun fort. „Bev brachte Huntling Security als unterstützungswürdig ins Spiel, weil eine Frau dieses Unternehmen führte, sorgte aber dafür, daß Pam Boyle den Vertrag abschloß. Hier in Australien spielte sie uns, meinetwegen, die Szene vor, als sie Keil Huntling wegen der Kosten attackierte. Daß Huntling Security einbezogen war, hatte für Wellspring keinen besonderen Stellenwert, sondern war nur bei Marlas Ausforschung von Nutzen. Auf diese Weise wußten sie auch, in welchem Wagen sie sich jeweils befände. Einer der Leibwächter plazierte die Bombenattrappe in der Universität von Sydney während seines Kontrollgangs. Davon abgesehen garantierte die Einbeziehung in die Sicherheitsvorkehrungen auch den Zugang zu Marla, obwohl bereits feststand, daß Marla in aller Öffentlichkeit exekutiert werden sollte."

Gary zog an seinen Fingern, bis die Knöchel knackten. „Bev kann doch nicht wirklich geglaubt haben, daß sie nach der Tat die Möglichkeit hätte, aus dem Studio zu flüchten. Marla dort umbringen zu wollen, war ziemlich dumm von ihr."

Pam starrte ihn angewidert an. „Selbst dir sollte klar sein, Gary, daß Bev vorhatte, Marla vor laufender Kamera im australischen Fernsehen umzubringen, weil sie glaubte, daß es als Verurteilung mit anschließender öffentlicher Hinrichtung angesehen würde. Sie wartete, bis Lucas Britt sie verdammt hatte, dann versuchte sie die Strafe zu vollziehen."

Er schnaubte ärgerlich. „Sie muß nicht ganz dicht gewesen sein. Wer läßt sich schon auf frischer Tat ertappen?"

„Bev ja. Weil sie wußte, daß ihre Mordanklage der absolute Medienknüller werden würde, der sich dazu benutzen ließe, Wellsprings Ideen allgemein zu verbreiten. Bev sah sich als Märtyerin, Gary. So etwas würdest *du* nie verstehen."

Carol sah Pam nachdenklich an. *Du hättest das Zeug zur Märtyrerin – diese Mischung aus persönlicher Überheblichkeit und totaler Unterwerfung unter gewisse Glaubenslehren.*

Marla rieb sich den Hals. „Carol, dieses Stilett, ich träume ständig davon..."

„Ihre Ledermappe hatte einen Hohlraum im Rücken, in die das Stilett gerade hineinpaßte", sagte Carol. „Ich habe mir damals nichts dabei gedacht, als Sie erwähnten, die Mappe sei ein Geschenk Ihres Teams. Sie konnten nicht wissen, daß der Vorschlag von Bev gekommen war und sie die Mappe auch freundlicherweise selbst besorgt hat."

Marla riß die Augen auf. „So lange wußte sie schon,

wie sie mich umbringen wollte? Aber sie hat doch mit mir gearbeitet... Wir waren befreundet..."

Carol konnte sie nicht trösten, erklärte aber: „Versuchen Sie Bev als talentierte Schauspielerin zu sehen, die eine Rolle spielte, um das zu erreichen, woran sie absolut glaubte. Sie war sehr überzeugend, sie hat sich sogar schrecklich aufgeregt, als sie von Madeline Shipley erwartete, bei der Debatte mit Lucas Britt Ihre Partei zu ergreifen, und ich ihr sagte, das täte sie wahrscheinlich nicht. Und auch die Sache mit den AA-Treffen war auffällig unauffällig eingefädelt, sie wußte, wir würden dem nachgehen und herausfinden, daß sie aus gutem Grund dorthin ging. All das gehörte zu der Rolle, die sie für Wellspring spielte."

„Bev hat getan, als *glaubte* sie an das, wofür ich stand." Marla biß sich auf die Lippen. „Wie war es nur möglich, mich so gut zu täuschen..."

„Mich auch", sagte Pam bitter. „Das Miststück hat mich auch verarscht."

Carol war klar, daß sich die beiden persönlich zutiefst betrogen fühlten. „Denken Sie an das, was Anne gesagt hat", erklärte sie. „Bev mochte Sie als Person – die Marla Strickland, die sie umzubringen versuchte, war die bekannte Feministin, die öffentlich auftrat und kein Blatt vor den Mund nahm."

„Aber dieses Messer –"

„Bev wußte aus Erfahrung, daß Sie, als das potentielle Opfer, nicht überprüft und durchsucht werden würden. Die Waffe mußte leicht zu verstecken sein und leicht zu erreichen, wenn sie gebraucht wurde", sagte Carol geschäftsmäßig. „Die Klinge aus gehärtetem Stahl war scharf wie ein Rasiermesser. Sie paßte genau in den hohlen Rücken Ihrer Mappe, und während der Werbeeinblendung, als sie Ihnen die statistischen Zahlen zeigte, die Sie angeblich brauchten, fischte sie das Stilett heraus und verbarg es in ihrer Kleidung."

Marla schüttelte den Kopf. „Ich weiß, daß Sie mir die Wahrheit sagen, Carol, trotzdem kann ich es einfach nicht glauben."

„Es war bis ins letzte Detail geplant. Der Hohlraum im Rücken der Mappe war so schmal, daß kein anderes Messer hineingepaßt hätte."

„Sie *ist* geistesgestört, nicht wahr?"

„Nicht vor dem Gesetz. Nein."

Sid beugte sich vor und stützte die Ellbogen auf die Knie. „Warum erzählen Sie Marla nicht, weshalb Sie als Bodyguard ausgewählt wurden?" fragte er unfreundlich. „Sie haben vergessen, *das* zu erwähnen."

„Weil Carol lesbisch ist." Pam betonte das Wort wie etwas schrecklich Widerwärtiges.

„Lesbisch", wiederholte Denise, „ist ein faszinierendes Wort, auf das immer stark reagiert wird. Die Rechtsradikalen benutzen schwul und lesbisch als Kürzel für Abnormität und Widernatürlichkeit – als Kürzel für geile Sünde. Und indem sie Marla eine so bekannte Frau, die in bezug auf ihre sexuelle Orientierung offen war, als Bodyguard zur Seite stellten, sollte die Schuld auf sie abfärben. Marla war stolz, sich Feministin zu nennen – vielleicht war sie noch etwas viel Schlimmeres! Vielleicht war sie ja auch noch schwul."

Carol blickte in Sids unversöhnliches Gesicht. Er war neidisch auf ihren Erfolg und fühlte sich durch ihre sexuelle Identität bedroht.

In diesem Moment wurde sich Carol ihres physischen Selbsts bewußt. Ihre Seite schmerzte, der Schnitt auf ihrer Wange brannte unter dem Pflaster, in ihrem Arm klopfte es.

Sie wünschte plötzlich, sie wäre woanders – irgend

woanders. Sie hatte das Bedürfnis nach der Akzeptanz ihrer Tante Sarah... nach der Liebe ihres Sohns...

Auf der Bar klingelte das Telefon. Pam stand auf und nahm ab. „Es ist für Sie." Sie hielt Carol den Hörer hin.

Laß es Madeline sein.

Sie war es.

Offensive Krimis Offensive Krimis Offensive

Ein Fall für Kriminalkommissarin Carol Ashton:

Claire McNab, Bodyguard
ISBN 3-88104-264-4

Claire McNab, Das Ende vom Lied
ISBN 3-88104-242-3

Claire McNab, Ausradiert
ISBN 3-88104-217-2

Claire McNab, Tod in Australien
ISBN 3-88104-214-8

Gianna Maglione und Mimi Patterson:

Penny Mickelbury, Schattenliebe
ISBN 3-88104-258-X

Brigid Donovan, Journalistin und trocken:

Karen Saum, Panama Connection
ISBN 3-88104-230-X

Karen Saum, Mord ist relativ
ISBN 3-88104-209-1

Victoria Cross, Handschriftenspezialistin:

Penny Sumner, Kreuzworträtsel
ISBN 3-88104-262-8

Penny Sumner, April, April
ISBN 3-88104-244-X

Helen Black, Privatdetektivin:

Pat Welch, Stille Wasser
ISBN 3-88104-249-0

Pat Welch, Das Blut des Lammes
ISBN 3-88104-218-0

Krimis Offensive Krimis Offensive Krimis